書下ろし

ひたむきに

風烈廻り与力・青柳剣一郎60

小杉健治

祥伝社文庫

目次

小川町
小普請組支配波多野家屋敷
小石川片町
不忍池
湯島
浅草
吾妻橋
駿河台
神田川
両国橋
隅田川
江戸城
南町奉行所
新大橋
楓川
八丁堀
永代橋
数寄屋橋御門
三十間堀
木挽町三丁目
木綿問屋『田所屋』
北
西
東
南

下谷・神田界隈
不忍池
浅草元鳥越町
三味線堀
鳥越神社
和泉橋
新シ橋
浅草御門
柳橋
昌平橋
筋違橋
汐見橋
居酒屋『赤鬼屋』
両国広小路
神田三河町
牢屋敷
本町三丁目
米沢町
浜町堀
麹町
富沢町
東堀留川
日本橋

「ひたむきに」の舞台

主な登場人物

〈青柳家〉

青柳《あおやぎ》剣《けん》一郎《いちろう》
風烈廻り与力。柳生新陰流の達人で、賊を退治した際に頰に受けた刀傷の痕から、〝青痣与力〟と呼ばれ、市井の人々に畏れ敬われている

剣之助《けんのすけ》
剣一郎の伜。吟味方与力の見習い

志乃《しの》
剣之助の妻女

るい
剣一郎の娘

多恵《たえ》
剣一郎の妻女。勘が鋭く、剣一郎を支えながら、町の女たちの悩み相談にものっている

太助《たすけ》
猫の蚤取りを生業にしながら、剣一郎の手先として働く

（太助 → 青柳剣一郎：仕える）

（宇野清左衛門 → 青柳剣一郎：特命）

〈南町奉行所〉

宇野《うの》清左衛門《せいざえもん》
奉行所を取り仕切る年番方与力。剣一郎の眼力を買い、難事件の探索を託す

長谷川《はせがわ》四郎兵衛《しろべえ》
内与力。奉行の威光を盾に、剣一郎に高圧的な態度で難癖をつける

橋尾《はしお》左門《さもん》
吟味方与力。剣一郎の幼馴染でもある

礒島《いそじま》源太郎《げんたろう》
大信田《おおしだ》新吾《しんご》
風烈廻り同心。剣一郎と見回りにあたることも多い

植村《うえむら》京之進《きょうのしん》
定町廻り同心。剣一郎に強い憧れを抱いている

作田《さくた》新兵衛《しんべえ》
隠密廻り同心。変装の達人で、剣一郎の信頼が厚い

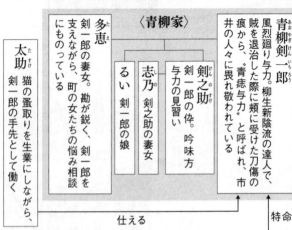

第一章　落魄《らくはく》

一

火事の多い季節がめぐってきた。冬になると、北ないし北西の風が吹くことが多く、いったん火が出ると、大火事になりやすい。

朝から北風が強く、風烈廻《ふうれつまわ》り与力《よりき》青柳剣一郎《あおやぎけんいちろう》は配下の同心《どうしん》礒島源太郎《いそじまげんたろう》と大信田《おおしだ》新吾《しんご》とともに見廻りに出ていた。一時は突風が吹くたびに土埃《つちぼこり》が舞い上がって、目を開けていられないほどだったが、それほどの強風も昼過ぎには弱まってきた。

浅草御門《あさくさごもん》を抜け、馬喰町《ばくろちょう》から堀留町《ほりどめちょう》に差しかかったときには夕七つ（午後四時）になっていた。

「手がかじかんできました」

新吾が両手に息を吹きかける。寒風の中を歩きまわり、体全体が冷えていた。

「熱い茶が欲しいな」

源太郎も言う。

「自身番に寄って茶をもらうといい。ただ、大勢で押しかけては、店番の者たちに忙しい思いをさせてしまうから順番に」

剣一郎が注意をする。

「いえ、もうすぐですから」

源太郎が応じた。奉行所《ぶぎょうしょ》まで四半刻（三十分）ほどだ。

東堀留川《ひがしほりどめがわ》のほうが何やら騒がしかった。ひとが駆《か》けていく。

「何かあったようだな」

剣一郎は表情を曇《くも》らせた。

「見て参ります」

供の中間《ちゅうげん》がひとだかりに向かって駆けだした。

すぐ戻ってきて、

「ひとが殺されているようです」

と、報告した。

「先に帰っててくれ」

源太郎たちに言い、剣一郎は東堀留川のほうに向かった。

風烈廻り与力であるが、剣一郎はときに定町《じょうまち》廻り同心の手に余る難事件に手を貸すことがあり、ひと殺しのような重大な事件に出くわしたときには、手助けする場合に備えて現場を見ておくことにしている。

東堀留川にかかる橋の辺《ほとり》で、男が倒れ、そばに岡っ引きが立っていた。

剣一郎は岡っ引きに近づいた。

「これは青柳さま」

岡っ引きが気がついて頭を下げた。

「殺しか」

「はい、橋の下で見つかりました。刃物で腹部と心ノ臓を刺されていました」

「ちょっと検《あらた》めさせてもらおう」

「どうぞ」

岡っ引きは剣一郎を死体のそばに案内し、莚《むしろ》をめくった。

三十前後の遊び人ふうの男だった。

「身許がわかるものは持っていませんでしたが、背中から左の二の腕にかけて鯉《こい》の彫物があります」

剣一郎は合掌《がっしょう》してから男を検めた。

髭面《ひげづら》のいかつい顔をした男だ。腹部と心ノ臓以外にも手足に切り傷や顔に殴打されたあとがあった。

血の乾き具合から、死んで半刻（一時間）ぐらいだ。

「死体を見つけたのは？」

「近くに住む職人です」

そこに、定町廻り同心の植村京之進《うえむらきょうのしん》が駆け付けてきた。

「青柳さま」

京之進は頭を下げた。

「たまたま通り掛かった」

剣一郎は事情を説明した。

「失礼します」

京之進は剣一郎に会釈をし、死体を検めた。

京之進の見立ては剣一郎と同じだった。

「あとは頼んだ」

京之進に任せれば問題ないと、剣一郎が伊勢町堀《いせちょうぼり》のほうに歩きだしたとき、後ろから声をかけられた。

「青柳さま」

剣一郎は立ち止まって振り返った。羽織姿の四十半ばぐらいの男が頭を下げた。

「川島屋《かわしまや》ではないか」

「はい」

本町《ほんちよう》三丁目の足袋《たび》問屋『川島屋』の主人房太郎《ふさたろう》だった。

「何か」

「あの死体のことで」

房太郎が口を開く。

「何か知っているのか」

「いえ、知っているというわけではないのですが」

房太郎は戸惑《とまど》いを見せて、

「野次馬に混じって死体を見たら、めくれた袖《そで》の下から鯉の彫物が見えました。その鯉の彫物に見覚えがありまして」

「そうか。なら、わしに話すより、町廻りに……」

「じつはそのことも含めて青柳さまに。よけいな真似《まね》をして、あとで違っていたらと思うと気が引けるのですが」

房太郎は歯切れが悪かった。

「わかった。では、聞かせてもらおう」

「はい。ただ、関係ないかもしれませんので」

「そのことは心配しなくてもいい。奉行所でちゃんと調べて対処するのでな」

「わかりました」

「ここではひとの行き来の邪魔になる。向こうに行こう」

そう言い、剣一郎は伊勢町堀の塩河岸《しおがし》を過ぎて、堀端《ほりばた》の柳の木の脇に立った。

「聞こうか」

「はい」

房太郎は改めて口を開いた。

「半月ほど前のことです。浜町堀《はまちょうぼり》の近くで、甘酒売りが遊び人ふうの男と揉《も》めていました。甘酒売りが男にしがみつき、何かを叫んだところ、いきなり男が甘酒売りを突き飛ばし、さらに足蹴にしたのです。私はたまらずに出ていこうとしたのですが、手代《てだい》に止められて。なにしろ、遊び人ふうの男は獰猛《どうもう》そうな顔をし、肩も盛り上がってぶっとい腕をしていました。さらに、二の腕に鯉の彫物があり、私が出ていったところで、どうしようもないと……」

房太郎は恥じ入るように俯《うつむ》いたがすぐ顔を上げ、

「忸怩《じくじ》たる思いでいたところ、ご浪人が助けに入られたのです。私はほっとしました。遊び人ふうの男を痛めつけてくれるものと安心していたら、ご浪人は遊び人ふうの男に頭を下げて、何やら訴えていました。そのうち、土下座を要求されたのか、ご浪人は地べたに跪《ひざまず》きました。それから、遊び人ふうの男は甘酒売りに金を渡しました。そのあとで、遊び人ふうの男はご浪人の顔を足蹴にしました。なおも、蹴飛ばそうとしたので、私が見かねて飛び出していくと、ようやく遊び人ふうの男は去っていきました」

「殺されたのはその遊び人ふうの男なのか」

「はい。二の腕の彫物が同じです」

房太郎は続けて、

「ご浪人に駆けより、なぜ手向かわなかったのかとききました。ご浪人は喧嘩《けんか》は好きではないとぽつりと言い、そのまま去ろうとしました。でも、口から血が出て、顔に傷が出来ていたので、うちに寄って手当てをと勧《すす》めたのですが……」

「断ったのか」

「はい」

房太郎は頷《うなず》いて、

「最初からことの経緯を見ていた行商の男によると、遊び人ふうの男が甘酒代を払わず行ってしまおうとしたので、甘酒売りがお代を払うように頼んだところ、逆に甘酒売りを突き飛ばしたそうです。そこに、ご浪人が割って入って、お代を払ってやるように頼んだ。すると、土下座すれば払うと言われ、ご浪人は土下座をしたそうです」

「浪人は乱暴されるがままになっていたのか」

剣一郎もその浪人の気持ちがわからなかった。

「はい。なぜ手向かわなかったのか気になりましてね。なにしろ、ご浪人は私の目からみても体格はよく、腕も立ちそうでした。その気になれば、あんなごろつきを痛めつけるのはわけないと思っていたので」

「なるほど」

「私は当初、ご浪人が遊び人ふうの男に手向かわなかったのは、今が大事な時期だから争いごとを避けたいのかと思ったのです。たとえば、仕官の口があるので騒ぎを起こせないのではないかと考えました」

「そういうことも考えられるな。ただ、そういう時期なら見て見ぬふりをすることも出来たはずだから、その浪人は正義感の強い男なのかもしれぬな。ところで、甘酒売りはどうした？」

「肝心《かんじん》の甘酒売りは金をもらうと、ご浪人に一言の礼も言わずに、いつの間にかその場から立ち去っていました」

房太郎は息継ぎをし、

「私はそのご浪人が気になり、手代に捜させました。すると、富沢町《とみざわちょう》の裏長屋に住む高野俊太郎《たかのしゅんたろう》さまだとわかりました」

「高野俊太郎どのだな」

「はい。それで、私は会いに行きました。長屋に行くと、高野さまは傘《かさ》の張り替えの内職をしていました。まだ、あのときに受けた傷が額《ひたい》に少し残っていましたが、高野さまは毅然《きぜん》となさっていました。ただ、仕官をするような様子は窺《うかが》えませんでした。仕官がだめになったのか、もともと仕官の口などなかったのか……」

房太郎はしんみり言い、

「そこで改めて、なぜ遊び人ふうの男を懲《こ》らしめなかったのかとききました」

房太郎は間《ま》を置き、

「すると、高野さまは、もし、あの男を懲らしめたら、今度は仲間を連れて仕返しにくるかもしれない。そんな災いを防げるなら土下座しても構わないと」

「そうか」

「甘酒売りが礼も言わずに消えてしまったことについては、怖くなったのでしょうと言い、甘酒売りのことを悪く言うことはありませんでした」

「ひとり暮らしか」

「はい。暮らし向きはそれほど楽ではなさそうで、着ている物もよれよれでしたが、卑《いや》しさのようなものはまったく感じられませんでした」

房太郎はさらに続けた。

「そのときは、立派なご浪人がいるものだと思っていましたが、今日の死体を見てちょっと気になったのです」

「そうか」

「だからといって、高野さまがあの遊び人ふうの男を殺したと思っているわけではありません。奉行所にこのことを訴えて、高野さまにあらぬ疑いがかかってもいけません。でも、あの出来事が殺しに何らかの関係が……」

「わかった」

剣一郎は房太郎の気持ちを察し、

「わしに任せてもらおう。富沢町の裏長屋に住む高野俊太郎どのだな」

剣一郎は確かめた。

「どうぞ、よろしくお願いいたします」

房太郎は深々と頭を下げて、引き上げて行った。


その夜、八丁堀《はっちょうぼり》の屋敷に太助《たすけ》がやって来た。

太助は猫の蚤取《のみと》りを商売にしているが、いなくなった猫を捜すことも請《う》け負っている。猫捜しに特別な才があるようで、太助は必ず捜し出している。猫の気持ちがわかるのですと、太助は涼しい顔で言う。

太助は子どものときに親を亡くしている。ひとりで生きてきたが、ときには母が恋しくなり、悲嘆にくれることもあった。そんなときに、剣一郎に励まされたことがあり、それを恩義に思っていた。ある縁から剣一郎の手先としても働くようになり、頻繁《ひんぱん》に八丁堀の屋敷にも顔を出している。剣一郎の妻女、多恵《たえ》も明るい太助を気にいり、いつしか家族の一員のようになっていた。

「太助、頼みがある」

剣一郎は言った。

「富沢町の裏長屋に、高野俊太郎という浪人が住んでいる。この浪人についてどのような人物か調べてきてもらいたい」

「高野俊太郎さまなら知っていますぜ」

太助があっさり答える。

「どうして知っているのだ?」

「あの長屋近くの下駄《げた》屋の内儀《おかみ》さんが飼っていた猫がいなくなって、捜したことがあるんです。そしたら、高野さまの部屋に上がり込んでいたんです」

「ほう。高野どのは猫好きなのか」

「そうでもないようですが、その猫はなついていました」

太助は思いだすように言う。

「そうか。で、高野どのと話したのか」

「はい」

「どんな人物か」

「はっきり言って、あっしにはついていけません」

「ついていけない？」

「はい。なにしろ、堅すぎるのです」

「どういうことだ？」

「下駄屋の内儀さんから頼まれて、高野さまに謝礼を届けに行ったのです。猫が世話になった礼をしたいというので」

　太助は続ける。

「ですが、高野さまはその謝礼を受け取らないのです。猫が勝手に入ってきて、居ついただけで、自分が積極的に面倒を見ていたわけではないからと」

「ほう」

「でも、飼い主さまが礼をしたいと言っているのでもらってほしいと頼んだのですが、気持ちだけ受け取っておくと」

「結局、受け取らなかったのか」

「はい。暮らしぶりは困窮しているようですし、謝礼を受け取っておけば、少しは助かるんじゃないかと思ったのですが」

「どこの浪人か聞いているか」

「いえ、ご自分のことは誰にも話していないようです」

「そうか」

「高野さまがどうかなさったのですか」

「うむ。昼間、『川島屋』の主人に聞いたのだが」

と、剣一郎は甘酒売りと遊び人ふうの男との揉め事に、高野俊太郎が絡《から》んだことを話した。

「やられっぱなしですか」

太助は首を傾《かし》げた。

「どうした?」

「高野さまは毎日、木刀で素振りをしているようです。そんな弱いひとには見えませんが」

「いや。弱ければ助けに入らぬ。土下座が出来るのは強い証《あかし》だ」

剣一郎は表情を曇らせ、

「じつは、きょう、その遊び人ふうの男が殺された」

と、口にした。

「高野さまが土下座をした相手ですか」

「そうだ」

「まさか……」

「いや。男には刀傷はなかった。高野どのが殺したとは思えぬ。いや、そう思うのはまったくの見当違いだ。だが」

剣一郎は間を置き、

「高野どのと関わりがあった男が殺されたことは見過ごしには出来ぬでな。一応、高野どののひととなりを訊《たず》ねたのだ」

「さいでございますか」

太助は首を傾げ、

「高野さまはひと殺しをするようなお方にはとうてい見えませんが」

「『川島屋』の主人はわしに知らせてくれたが、他にも甘酒売りと遊び人ふうの男との揉め事に高野どのが加わったことを岡っ引きに告げる者がいるやもしれぬでな。ちょっと注意をしておいてくれ」

「わかりました」

そこに多恵がやって来た。

「太助さん、いらしていたのね。夕餉《ゆうげ》、まだなんでしょう。食べてきなさい」

多恵が勧めた。

「わしがよけいな話をして引き止めてしまったようだ。さあ、食べてこい」

「へい」

太助は多恵といっしょに部屋を出ていった。

ひとりになって、改めて高野俊太郎に思いを馳《は》せた。

二

翌朝、出仕した剣一郎は、同心詰所に顔を出した。

だが、植村京之進は探索に出かけたあとだった。京之進がいったん奉行所に戻ってきたのは八つ（午後二時）ごろで、言伝《ことづ》てを聞いて与力部屋にやって来た。

「青柳さま。お呼びで」

京之進が剣一郎のそばに腰を下ろした。

剣一郎は文机《ふづくえ》の前から振り返り、

「昨日の東堀留川の死体のことだが、身許はわかったのか」

と、きいた。

「はい。深川《ふかがわ》の盛り場をうろついている地回りの茂造《しげぞう》という男でした。年は二十八で筋骨たくましく、喧嘩早い男でした」

「下手人は？」

「茂造らしい男が浪人と親父橋《おやじばし》の袂《たもと》で言い合いになっていたのを、通り掛かった行商人が覚えていました」

「浪人？」

　剣一郎は聞きとがめた。

「はい。大柄な浪人だそうです。後ろ姿しか見ていないようですが」

「…………」

　高野俊太郎と体つきは似ているようだ。

「今、その浪人を捜しているところです」

「しかし、傷は匕首《あいくち》のようだったが」

「茂造はいつも匕首を懐《ふところ》に呑《の》んでいたようです。ところが、現場に匕首は見当たりませんでした。下手人は茂造の匕首を奪って刺したとも考えられます」

「浮かんでいるのはその浪人だけか」

「はい」

「じつは半月ほど前に、浜町堀でちょっとした揉め事が」

と、京之進は甘酒売りと茂造との揉め事に浪人が割って入ったことを口にした。すでに、京之進の耳にも入っているのかと、剣一郎は驚いた。

「その浪人は茂造に土下座までさせられたようです。昨日、偶然にその浪人は茂造と親父橋でばったり会い、土下座をさせられた屈辱を蘇《よみがえ》らせて殺したのではないかと……」

「うむ」

剣一郎は戸惑った。

「しかし、あとで殺すぐらいなら、なぜ土下座までしたのであろうか」

「土下座をさせられたとき、殺意が芽生えたのかもしれません。その場で相手を殺せば自分が捕まってしまう。だから、あとで殺そうと」

「なるほど」

剣一郎は頷いたが、

「それにしてもばったり出くわしたから殺したというのはおかしくないか。もっと計画を立てて、ひと目のない場所で襲うのならわかるが……」

「そうですね」

「亡骸《なきがら》の傷は匕首によるもの。武士であれば刀で襲えば済む。侍の犯行とわからないように、あえて茂造の匕首で殺したとも考えられるが……。その他に何か」

「いえ、今のところその浪人だけです」

「わかった。進展があったら教えてくれ」

京之進が引き上げたあと、剣一郎は迷った。

俊太郎に会いに行こうとしたが、京之進もいずれ気づくだろう。京之進より前に俊太郎に会うのは避けたいと思った。

その夜、八丁堀の屋敷に京之進がやって来た。

「夜分に恐れ入ります」

「いや、何かあったか」

「はい、お願いがございまして」

「何かな」

「地回りの茂造殺しの疑いで、高野俊太郎という侍を自身番に呼んで取り調べました」

もう俊太郎にたどり着いたのかと、剣一郎は気づかれぬように溜《た》め息をついた。

「なに、高野俊太郎……」

「浜町堀周辺で聞込みをしたら、甘酒売りと茂造の一件を見ていた者が何人かおりました。その者たちの話から、富沢町の裏長屋に住む高野俊太郎だとわかったのです」

「で、どうであった?」

「殺しを否定しています。甘酒売りとの一件で、茂造から土下座を強要されたときのことに触れ、土下座をしながらかなりの屈辱を覚えたのではないかとききました。すると高野俊太郎は、それでことが治まるならなんともないと」

京之進は息継ぎをして、

「土下座し、さらに顔を足蹴にされ、怒りがたまったのではないかときいたところ、あの場で自分があの男を懲らしめたら、あの男の怒りが甘酒売りに向かい、今度出会ったときに仕返しをするかもしれない。自分が叩《たた》きのめされれば、あの男の怒りもその場で少しは治まりましょうと」

「そう言ったのか」

「はい。しかし、昨日親父橋で偶然再会して、土下座したときの怒りが込み上げ、茂造に襲いかかったのではないかとさらにききました。すると、昨日はまる一日、長屋で内職をしていた、と答えました」

「誰か証明する者は？」

「長屋の者が内職をしているのを知っていましたが、殺しのあった刻限に部屋にいたのを見た者はおりませんでした。しかし、長屋を出ていったという証もありません」

「で、高野俊太郎は今はどこに？」

「いったん帰しました。明日、もう一度、取り調べをするかどうか迷っています。どうも下手人ではないように思えるのです」

「どうしてそう思うのだ？」

「なんと申しましょうか、高野俊太郎から受ける雰囲気です。やましいことをしているような暗さや醜《みにく》い部分がないのです」

京之進は身を乗り出し、

「お願いというのは、青柳さまに高野俊太郎に会ってもらいたいのです」

「…………」

「私が感じたことが間違っているのか、私の目に狂いがあるのか、それを確かめたいのです」

「そなたがそれほど言うのだ。高野俊太郎という男にわしも興味がある。会ってみよう」

「お願いいたします」

京之進は頭を下げた。

翌日の朝、編笠《あみがさ》をかぶった剣一郎は、浜町堀沿いにある富沢町の裏長屋にやって来た。

長屋の男連中は仕事に出て、女房たちが井戸端で過ごしていた。

「高野俊太郎どのの住まいはどこかな」

剣一郎が声をかけると、細身の女が振り向いて、

「高野さまなら一番奥ですよ」

と答えたあとで、真顔になってきいた。

「どんなご用なんですか」

「たいしたことではないが、何か」

「昨日、同心の旦那が高野さまを自身番に連れて行ったんです。高野さまは無愛想で、愛嬌《あいきよう》のないひとですけど、悪いことなんかしませんよ」

女は抗議するように言った。

別の女が編笠の中を覗き込むように見て、

「あっ」

と、声を上げた。

「どうしたのさ」

細身の女が編笠を覗いた女にきいた。

「青痣《あおあざ》与力よ」

「えっ。青柳さま」

女たちはあわてた。

若い頃、剣一郎はたまたま町を歩いていて押込みに遭遇したとき、単身で踏み込み、数人の賊《ぞく》を退治した。そのとき頰《ほお》に受けた傷が青痣となって残った。その後、数々の難事件を解決に導いたことによって、青痣は勇気と強さの象徴として、江戸のひとびとの心に深く刻み込まれていった。

「失礼いたしました」

女が頭を下げた。

「心配するな。わしが高野どのに会いに来たのは、その人柄に触れるためだ」

そう言い、一番奥の家に向かった。

剣一郎は腰高障子《こしだかしょうじ》に手をかけ、

「ごめん」

と言って、開けた。

部屋で傘の骨を広げながら浪人が顔を向けた。高野俊太郎だろう。年の頃は三十半ばに見える。

「どちらさまで?」

剣一郎は土間に入って、編笠をとった。

「南町《みなみまち》奉行所与力青柳剣一郎と申す」

俊太郎は居住まいを正して、

「ご高名はお伺《うかが》いしております」

と、頭を下げた。

「少し話がしたいのだが」

「どうぞ」

俊太郎は上がり框《かまち》に腰を下ろすように言う。

刀を腰から外して、剣一郎は上がり框に腰を下ろした。

部屋は寒々としていた。火鉢の火も消えたままだ。

「じつは、高野どののことは『川島屋』の主人から聞いた。甘酒売りとの一件で」

「そうですか」

俊太郎は目を伏せた。

「茂造という地回りの男が殺されたことは、高野どのにはとんだ災難だったようだな」

「疑われても仕方ありません」

俊太郎は顔をしかめた。

「なぜか」

「私は土下座をさせられました。そのことを根に持っていたと思われるのは、仕方ないことですから」

「相手のごろつきに言われるままに、そなたは土下座をしたそうだな。縁もゆかりもない甘酒売りのために」

「まあ」

俊太郎は頷く。

剣一郎は相手の顔を見つめ、

「なぜ、ごろつきをあの場で懲らしめなかったのか。この問いに対して、あの男の怒りが甘酒売りに向かうのを防ぐためだったと。自分が叩きのめされれば、怒りはその場限りで治まると思ったそうだが」

「そのとおりです」

俊太郎は答える。

「なぜ、そう思ったのだ」

「じつは五年ほど前に同じようなことがありました。ふたりのごろつきに絡まれていた小間物屋《こまもの》を助けたところ、ごろつきふたりは私に向かってきました。私は連中を叩きのめしました。数日後、そのごろつきは小間物屋に襲いかかったのです。私にやられた悔《くや》しさを小間物屋に向けたのです」

「小間物屋を襲ったのか」

剣一郎は確かめる。

「そうです。小間物屋は大怪我《けが》をしました」

俊太郎は苦しそうな表情で、

「私はごろつきを捜し出して問いつめました、すると、襲ったことをみとめました。町中で偶然、小間物屋と出くわして、そのとき、私に痛めつけられたことを思いだし、怒りが小間物屋に向かったということでした」

俊太郎はやりきれないように言い、

「私がごろつきを痛めつけなければ、小間物屋に恨みが向かうこともなかったのです」

と、溜め息をついた。

「しかし、それは高野どのの責任ではないはずだが」

剣一郎は不思議そうにきいた。

「でも、起きたことが雄弁に物語っています。私が相手を叩きのめしたことがいけなかったのです」

俊太郎は俯けていた顔を上げ、

「そのことがあったので、先日は手向かわなかったのです」

と、打ち明けた。

「なるほど」

剣一郎は頷いたが、

「だったら、助けに入るのをやめようとは思わなかったのか」

と、確かめる。

「見逃したら、後悔すると思いましたので」

「では、最初から手出しはしまいと決めて助けに入ったと？」

「そうです」

「甘酒売りの男はいつの間にかいなくなってしまったそうだが。あの後、甘酒売りはそなたに礼を言いにきたのか」

「いえ。でも、礼を言われたいがためにしたことではありませんから。ただ、目の前で行なわれている理不尽なことを正したいという思いからですので」

「理不尽なことを正したい？　理不尽なことに対する怒りではなく？」

「怒りではありません」

俊太郎はきっぱりと言い切った。

「怒りではない？」

剣一郎は念を押す。

「はい。怒りは……」

俊太郎は言いさした。

「怒りはなにか」

剣一郎はきいた。

「怒りは自分を見失わせます」

「かつてそういうことがあったのだな」

「………」

俊太郎は困惑した顔をした。そのことに触れて欲しくないのだろう。

「高野どのはどこのご家中に？」

剣一郎はきいた。

「私は……」

また、俊太郎は言い淀《よど》んだ。

「よけいなことを」

剣一郎は謝る。

「いえ」

俊太郎は首を横に振る。

部屋の中をさりげなく見回す。質素な部屋だ。

「長居しては仕事に差し障《さわ》りがあるな。わしはこれで」

剣一郎は立ち上がって腰に刀を差し、頭を下げて戸口に向かった。

「青柳さま」

俊太郎が呼び止めた。

剣一郎は振り返った。

「なにか」

「いえ、なんでも」

何かを語りたいのではないかと思ったが、踏ん切りがつかないようだ。

剣一郎は俊太郎の長屋から引き上げた。

木戸口で、四十過ぎの小柄な商人ふうの男とすれ違った。男は路地の奥に向かった。

剣一郎はそのまま木戸を出ていった。京之進が言っていたように、剣一郎も高野俊太郎から何かを感じた。清冽《せいれつ》な気高さだ。いったい、それはどこから来ているのだろうか。あの男は何者なのかと、剣一郎はさらに興味を深めた。

三

木枯らしが吹いた。八十吉《やそきち》は思わず身をすくめた。

籠《かご》を背負い、相棒の常七《つねしち》とふたりで紙屑《かみくず》を買い求めながら一日歩きまわる。買い集めた紙屑を米沢町《よねざわちょう》にある紙問屋の『あずみ屋《や》』に持ち込む。『あずみ屋』の裏の作業場で、紙屑を溶かし、すき直して紙を再生させるのだ。

紙屑買いをはじめて半年経《た》つが、たいした稼《かせ》ぎにはならない。まだ若いのに、自分の人生が終わったようだ。ふと、そんな自暴自棄《じぼうじき》な気持ちに襲われる。先を歩く常七は四十半ばを過ぎているのだ。

妻恋坂《つまこいざか》を下っていくと、遊び人ふうの男が行く手に立ちふさがった。

「なにか」

「おめえ、八十吉だな」
二十七、八歳と思えるいかつい顔の男がきいた。
「さいですが」

八十吉は警戒しながら答える。

「俺は軍次《ぐんじ》だ。こいつは又蔵《またぞう》」

又蔵という男は眉毛が薄く、唇が赤い。無気味な感じだ。

常七はさりげなく遠ざかった。

「おめえのことは『赤鬼屋《あかおにや》』でよく見かけていた。たまたま、ここで会ったので声をかけさせてもらった」

「さいですか」

『赤鬼屋』は浜町堀にかかる汐見橋《しおみばし》の近くにある居酒屋だ。

「『赤鬼屋』で会ったら、また声をかけさせてもらうぜ。じゃあな」

ふたりはあっさり去って行った。

小首を傾げて坂を下りはじめたとき、

「八十吉」

と、声をかけられた。

「親分さん」

岡っ引きの甚助《じんすけ》だ。

「今のふたりは、誰だ？」

「知りません。たまたま声をかけられただけでして」

こっちの言うことなど、てんから信じないことはわかっているので適当に言う。

「どんな用だ？」

「道をきかれました」

「道だと」

甚助は疑わしい目を向けた。

「親分さん。私は今は紙屑買いです。この商売を一生懸命やっているだけです。どうか、信じてくださいな」

「俺は信じているがな」

「『田所屋《たどころや》』の旦那はまだ私のことを」

「まあ、疑われないようにするんだな」

甚助は去って行った。

ちくしょう、と八十吉は怒りが込み上げてきた。

半年前まで、八十吉は木挽町《こびきちょう》三丁目にある木綿問屋『田所屋』の手代だった。信州《しんしゅう》から十二歳のときに奉公に上がり、朝は暗いうちから起きて掃除をし、昼間は番頭や手代にこきつかわれ、夜仕事が終わったあと、算盤《そろばん》や読み書きの勉強、寝るのは真夜中という暮らしをずっと続けてきた。

小僧から手代に昇格し、商売もわかってきて、自信も生まれていた。そんなとき、思いもよらぬことが起きた。

『田所屋』にはお節《せつ》というひとり娘がいる。そのお節と八十吉は恋仲になった。お節のほうから誘ってきたのだ。最初は身分違いから尻込みしたが、お節は積極的だった。

お節は八十吉のふたつ下だった。おでこが広く、愛くるしい目をした女子《おなご》だった。ひそかに逢瀬《おうせ》を楽しんでいたが、やがて主人の勘十郎《かんじゅうろう》の知るところとなった。

激しく反対されると思ったが、勘十郎も八十吉の真面目な人柄を気に入り、いずれ婿《むこ》にと考えてくれるようになった。ふたりがすでに情を通じ合っていたことも、勘十郎をその気にさせたようだった。

八十吉にとっては夢のような話だった。婿になれば、いずれ『田所屋』の身代《しんだい》を継ぐことになる。

他の奉公人にもその話は漏《も》れて、番頭まで将来の店の主人になる八十吉に対しておもねる態度をとるようになった。

　だが、八十吉の充実した日々が突然、激変した。お節の心変わりだ。

「八十吉、どうしたんだ、そんな怖い顔をして」

　常七が近づいてきて言う。

　八十吉ははっと我に返り、

「なんでもねえ」

　と、首を横に振った。

「そうか」

　常七は不審そうな顔をした。

「さあ、そろそろ行こうか」

　八十吉は歩きだした。

　何か言いたそうだったが、そのまま常七もついてきた。

「八十吉、何かあったら俺に言うんだ。たいして力になれねえかもしれないが」

「ありがとう、常七さん」

　常七は皺《しわ》と染みの浮きでた顔を向けた。

「ああ」

常七は頷く。

それからふたりで古紙を買い求めて歩きまわった。

日が暮れて、米沢町にある紙問屋『あずみ屋』に戻り、回収した古紙を納め、手間賃を懐に店を出た。

元鳥越町《もととりごえちょう》に帰る常七と別れ、八十吉は浜町堀のほうに向かった。

八十吉は浜町堀沿いにある富沢町の裏長屋に住んでいるが、いつも汐見橋の近くにある『赤鬼屋』に寄って、安酒を呑んで帰るのが日課のようになっていた。

きょうもそこの暖簾《のれん》をくぐった。もう店内には客が入っていた。日傭取《ひようと》りや職人などが多い。

八十吉は小上がりに座った。

小女《こおんな》が注文をとりにきた。

「酒とかまぼこ」

八十吉が頼んだ。

まだ、二十一歳だ。なのに、もうこんな暮らししか出来ない身が哀《あわ》れに思えて、溜め息をつく。

酒が運ばれてきた。

手酌《てじゃく》で呑んでいると、目の前が翳《かげ》った。顔を上げると、ふたりの男が目の前に腰を下ろした。

思わず顔をしかめた。

軍次と又蔵だった。

「相変わらずしけているな」

軍次が、肴《さかな》がかまぼこだけなのを見て言う。

「これが好きなんで」

八十吉は言う。

「これからもこんなしみったれた生き方をするつもりか」

軍次が言う。

「………」

「どうだ、俺たちの仲間に入らないか」

「仲間？」

「おめえ、半年前まで『田所屋』にいたんだってな」

「どうしてそれを？」

「まあ、いいじゃねえか」

注文をとりにきた小女に、軍次は酒を頼んでから、

「もっといい暮らしをしようじゃねえか」

と、口にする。

「俺は今のままでいいんだ」

「ばかな」

又蔵が冷笑を浮かべた。

「いつまで紙屑買いを続けるつもりだ」

「…………」

「大金を稼いで、自分の店を持ったらどうだ？」

「地道に金を稼ぐのが一番だ」

「そんなんじゃ、いつになるかわからんぜ」

小女が酒を運んできた。

「どうぞ」

徳利《とっくり》を置いて、小女が引き上げてから、

「さあ、呑め」

と、軍次が八十吉の猪口《ちょこ》に酒を注《つ》いだ。

「聞いたぜ」

「何をだ」

「『田所屋』の娘に裏切られたそうではないか」

「…………」

八十吉の胸に痛みが蘇った。

「さあ、呑めよ」

軍次が勧める。

八十吉は酒を呷《あお》った。

「ずいぶん苦しそうな顔をしているぜ。思いだしたのか」

又蔵が笑った。

八十吉は自分の酒を呑み干してから立ち上がった。

「もう帰る」

勘定を払って、八十吉は店を出た。

富沢町の裏長屋に帰ってきた。誰もいない部屋に入る。行灯《あんどん》の明かりを入れ、火鉢をかきまわし火を熾《おこ》す。

半年前まで、自分にこんな暮らしが待っていようとは想像もしていなかった。

お節の様子が変わってきたと感じたのは、半年前のことだった。

ある夜、店が大戸を閉めたあと、八十吉はこっそり店を抜け出して、近くの稲荷社《いなりしゃ》に行った。そこでお節を待っていたが、現われなかった。こんなことははじめてだった。

何かあったかと心配になって、店に戻った。

「八十吉、早いお帰りだな。お嬢さまと喧嘩でもしたのか」

番頭が冗談混じりに言った。

「じつはお節さん、来なかったんです。何かあったんじゃないかと心配になって」

八十吉が言うと、別の手代が、

「お嬢さまは、夕方に旦那さまとお出かけになって、まだ戻っていないようですよ」

と、教えた。

「出かけた？」

約束していたはずなのに、と八十吉は首を傾げた。

それから半刻（一時間）後、勘十郎とお節が帰ってきた。お節に会いたかったが、夜も遅いので次の日にした。

翌日、お節に会ったが、いつもの明るさがなかった。風邪気味だと言うので、それを信じて無理に誘わなかった。

それからは何かと言い訳をされて、お節と会う機会がなくなっていった。

十日ほどして、勘十郎から呼ばれた。お節のこと以外、用件は考えられなかった。

八十吉はおそるおそる勘十郎のところに行った。

奥の部屋で、差し向かいになると、勘十郎はいきなり切りだした。

「八十吉。おまえに確かめたいことがある」

「はい」

「おまえはお幸《さち》という女を知っているか」

「いえ、知りません」

八十吉は答える。

勘十郎は険しい顔で、

「八十吉、ほんとうのことを言うんだ」

「ほんとうです。私はお幸というひとを知りません。どこのお方ですか」

「おまえと所帯を持つ約束をしたそうだ」

「えっ」

一瞬、耳を疑った。

「所帯を持つ約束ですって。とんでもない。私はそんな女のひとを知りません」

「八十吉」

勘十郎は深く溜め息をつき、

「お幸という女が嘘《うそ》をついているというのか」

「嘘かどうかはわかりませんが、誰かと勘違いしているのです」

八十吉は訴えた。

「第一、そんな暇《ひま》はありません」

「だが、おまえはときたま夜、出かけていたそうではないか」

「それはお節さんと会うためです。それ以外は出かけておりません」

「わかった。もういい」

勘十郎は厳しい顔で下がるように言った。

わかってくれた様子ではなかった。

「お節さんにきけばわかっていただけます」

八十吉は夢中で、

「お節さんに会わせてください。お節さんにきけばわかっていただけます」

と、叫んだ。

「お節は数か月前から、ほとんどおまえには会っていないそうだ」

「そんなことありません。私はお節さんと……」

「もういい。おまえを見損なった。行け」

八十吉は愕然《がくぜん》とした。

何が何やらさっぱりわからないまま、店先に戻った。

朋輩《ほうばい》の亀吉《かめきち》が心配そうに近寄ってきた。

「八十吉、どうしたんだ？　顔が真《ま》っ青《さお》だ」

「何がなんだかわからない。お幸って女が俺とのことで乗り込んできたそうだ。

俺と所帯を持つと約束したと」

八十吉は説明した。

「誰かが八十吉の名を騙《かた》って、お幸って女を騙《だま》したんじゃないのか」

亀吉は想像を口にしたが、すぐ首を傾げた。

「そのくらいのことなら、旦那さまもすぐ見抜くだろうに。それに、お嬢さまにきけば、あっさりわかることじゃないのか」

「まさか」

八十吉はあっと声を上げた。

「なんだ？」

「最近、お節さんは俺を遠ざけているんだ。お幸って女は、まずお節さんの前に現われたのかもしれない。お幸って女の嘘を信じて、俺を遠ざけだした……」

そう思うと、そのような気がしてきた。

八十吉は奥に行こうとした。

「どこに行くんだ？」

「お節さんのところだ。お節さんに確かめてくる」

「待てよ」

亀吉が呼び止めた。

「旦那さまと話したばかりではないか。今、お嬢さまに会いに行くのはまずくないか」

「しかし、お幸って女の嘘に振り回されて、皆がばらばらになるなんて我慢出来ない」

　言い合っているとき、番頭が声をかけてきた。

「八十吉、ちょっと来い」

「はい」

　八十吉は番頭の部屋に連れられて行った。

　差し向かいになって、

「今、旦那さまに呼ばれておまえのことを聞いた」

と、番頭は切りだした。

「はい」

　八十吉は生唾《なまつば》を呑み込んだ。

「お幸という女と何かあったのか」

「なにもありません。お幸なんて知らないんです。ほんとうです」

「だが、旦那さまもお嬢さまも相当怒っているようだ」

　番頭は蔑《さげす》むように、

「八十吉。なぜ、旦那さまが怒っているかわかるか。おまえがお嬢さまの婿になる男だったからだ」

と、言った。

「誤解なんです」

八十吉は喚《わめ》くように言う。

「誤解？　そんな言い訳が通用すると思っているのか」

「ほんとうに、私はお幸という女と関係ないんです」

「じゃあ、お幸が嘘をついていると言うのか」

「さもなければ、お幸に近づいた男が私の名を騙ったか」

「八十吉。言い逃れは見苦しい。もし、お幸という女を騙していたのなら、正直に打ち明けるのだ。そうすれば、旦那さまだって少しは……」

八十吉は体が震えてきた。みな、お幸の言い分を信用し、八十吉の訴えを聞きいれてくれそうにもなかった。

その夜、八十吉は胸が圧迫されるような苦しみにのたうち、一睡も出来なかった。だが、朝、八十吉に明るい知らせが届いた。

番頭が知らせてくれたのだ。

「今日、お幸という女がここにくる。旦那さまが呼んだそうだ」

「ほんとうですか。よかった」

「よかった?」

番頭は不思議そうな顔をした。

「ええ。会えば、私と関係ないことがわかるはずですから」

自分の身の潔白を思いの外、早く晴らせることに、八十吉は素直に喜んだ。胸の奥に広がっていた屈託が急に消えて、かえって戸惑うぐらいだった。

昼過ぎに、番頭が呼びにきた。

「八十吉、旦那さまがお呼びだ。お幸が来たそうだ」

「わかりました」

八十吉は番頭といっしょに客間に行った。

勘十郎の横に、若い女が座っていた。細面《ほそおもて》の色白の女だ。二十二、三歳か。

番頭と並んで、八十吉は勘十郎と女の前に腰を下ろした。女は八十吉を睨《にら》むように見た。八十吉は微《かす》かに不安を覚えた。

「八十吉、このひとがお幸さんだ。知っているな」

勘十郎がきいた。

「いえ、知りません」

八十吉は正直に答えた。

「ひどい」

いきなり、お幸が泣きはじめた。

「待ってください」

八十吉はあわてて、

「私はあなたと今、はじめて会ったんです」

「よく、そんな嘘を。私と所帯を持つと約束してくれたではありませんか」

お幸がなじるように言う。

「お幸さん。私の顔をよく見てください。あなたと会うのは……」

「どうして嘘をつくのですか」

「あなたこそ、嘘をついている。私はあなたを知らない」

「さんざん弄《もてあそ》んで、私を紙屑のように捨てて、自分は『田所屋』のお嬢さまの婿になろうなんて虫がよすぎるわ」

お幸は叫んだ。

「なぜ、そんないい加減なことを」

「八十吉、黙れ」

勘十郎が一喝した。

「もうよい」

勘十郎は立ち上がった。

「旦那さま」

勘十郎は部屋を出ていった。

八十吉はお幸に向かって、

「あんた、何者なんだ？」

と、怒鳴った。

「八十吉、よせ」

番頭が止めた。

お幸は部屋を出ていった。八十吉も追って廊下に出た。そのとき、中庭の向かいの廊下からお節がこっちを見ていた。

もうすべてが終わった。八十吉は地の底に落ちていくような感覚に襲われていた。

『田所屋』を辞《や》めたあと、八十吉は『田所屋』の客だったひとの世話で、この長屋に部屋を借り、米沢町にある紙問屋『あずみ屋』で、紙屑買いの仕事を紹介してもらった。

「これからもこんなしみったれた生き方をするつもりか」

軍次の言葉が蘇り、胸が締《し》めつけられた。

隣の浪人の部屋からときおり物音がする。夜遅くまで働いているようだ。

四

翌朝、出仕した剣一郎は、茶で無地の肩衣《かたぎぬ》と平袴《ひらばかま》を脱ぎ着流しになって、与力部屋の自分の文机の前に座った。

待っていたかのように、見習い与力が近づいてきて、

「宇野《うの》さまがお呼びにございます」

と、口にした。

「わかった。ご苦労」

剣一郎は立ち上がった。

年番方《ねんばんかた》の部屋に赴《おもむ》き、

「宇野さま。お呼びで」

と、文机に向かっていた清左衛門《せいざえもん》に呼びかけた。

清左衛門は机の上の帳面を閉じて、威厳に満ちた顔を向けた。清左衛門は年番方与力として金銭面も含めて、奉行所全般を取り仕切っている、奉行所一番の実力者である。

「また、長谷川《はせがわ》どのがお呼びだ」

清左衛門は渋い顔をした。

内与力の長谷川四郎兵衛《しろべえ》のことだ。内与力はもともと奉行所の与力ではなく、お奉行が赴任と同時に連れてきた自分の家臣である。

四郎兵衛はお奉行の威光を笠に着て、態度も大きい。ことに、剣一郎を目の敵《かたき》にしている。そのくせ、何かあると剣一郎を頼るのだ。

「また何か困ったことが生じたのかもしれない」

清左衛門は顔をしかめて立ち上がった。

内与力の用部屋の隣にある部屋に行き待っていると、長谷川四郎兵衛がやって来た。

「ごくろう」

四郎兵衛は鷹揚《おうよう》に言う。

「お奉行が小普請組支配《こぶしん》波多野善行《はたのよしゆき》さまから、ひと捜しを頼まれたのだ」

「ひと捜し？」

清左衛門が顔色を変えた。

「まさか、青柳どのにひと捜しをさせようなどと言うのではありますまいな」

「…………」

四郎兵衛から返事がない。

「そうなのか」

「まあ、聞くのだ」

四郎兵衛は顔をしかめ、

「十日ほど前、波多野さまのかつての配下だった男が不審な死を遂げたそうだ」

「不審な死というと？」

「夜道で闇討《やみう》ちに遭《あ》ったという」

「闇討ち？」

「そうだ」

「襲われた者の名は」

清左衛門がきいた。

「勘定《かんじょう》奉行勝手方《かってかた》の勘定で牧友太郎《まきゆうたろう》という男だそうだ」

「波多野さまは勘定奉行勝手方にいたのか」

「そうだ。十年前、波多野さまは勘定組頭だった。そのときの配下だったそうだ。牧友太郎は、朋輩のひとりが土木工事の出張検分で不正を働いたことを知り、水沢辰之進《みずさわたつのしん》という男とふたりで糾弾《きゆうだん》したという」

「不正ですか」

「材木問屋から賄賂《わいろ》をもらって検分に手心を加えたそうだ。不正を暴かれ、その者は小普請組入りにされた。ところが、その三年後、小普請組の時代にまた不始末をしでかし、御家は断絶、本人は士籍剝奪《しせきはくだつ》されたそうだ」

「そのようなことがあったのか」

清左衛門が言う。

「内輪でことを収めたようだ。だから騒ぎが外に漏れることはなかったという」

「ひと捜しとは不正を働き、士籍剝奪された男を捜すということですね」

剣一郎は確かめるようにきいた。

「そういうことだ」

「名は？」

「高山俊二郎《たかやましゆんじろう》だ。もちろん、今は名を変えているかもしれないが」

「高山俊二郎……」

一瞬、剣一郎の脳裏《のうり》に高野俊太郎の顔が過《よぎ》った。

高山俊二郎と高野俊太郎。似ている。

「いくつぐらいでしょうか」

「今は三十五、六だそうだ」

高野俊太郎も同じぐらいだ。

「波多野さまは高山俊二郎が牧友太郎を殺したと見ているのか」

清左衛門がきいた。

「いや、そこまではわからない」

「しかし、高山俊二郎を捜し出すのを青柳どのにやってもらうのは、いかがなものか」

清左衛門が異を唱えた。

「お奉行のご指名なのだ」

「だからといって」

「宇野さま」

剣一郎は口を入れた。

「やらせていただきます」

剣一郎は進んで引き受けた。

高野俊太郎が高山俊二郎かどうかわからないが、これをきっかけに高野俊太郎のことを調べることが出来る。

「青柳どのがそう言うなら……」

清左衛門は渋々認めた。

「長谷川さま。十年前の不正事件について詳しく知りたいのです。どうか、波多野さまにお会い出来るようにお取り計らいください」

「わかった。お奉行に話しておく」

四郎兵衛は満足そうに答えた。

その日の夕七つ（午後四時）に剣一郎は南町奉行所の小門を出て、数寄屋橋御門《すきやばしごもん》を抜けた。

いったん、八丁堀の屋敷に帰ったあと、着流しに着替え、編笠をかぶって剣一郎は屋敷を出た。

富沢町の裏長屋にやって来て、木戸を入った。すると、高野俊太郎の家から男が出てきた。四十過ぎと思える商人ふうだ。先日、見かけた男だ。

すれ違ったあと、剣一郎はその男のあとを追い、木戸を出たところで声をかけた。

「ちと訊ねたい」

「はい」

驚いたように、男は振り向いた。

「そなたは今、高野俊太郎どのの住まいから出てきたようだが」

「はい。さようで」

「どのような用で?」

「失礼ですが、あなたさまは?」

男はきいた。

「わしは……」

剣一郎は、編笠を上に押し上げた。

「青柳さまで」

男は頭を下げてから

「私は松助《まつすけ》と申しまして、神田岩本町《かんだいわもとちょう》で道具屋をしています」

「道具屋か」

「はい。じつは先日、高野さまが店に香炉《こうろ》を売りにいらっしゃったのです。青銅の獅子《しし》の香炉です。私は一両の値をつけました。高野さまは思ったほど高値がつかなかったので、がっかりしたようでしたが、その値で手を打ちました」

　松助は続ける。

「その香炉を店先に出していたところ、絵師のような客がその香炉に目を留め、矯《た》めつ眇《すが》めつ眺めてから、私にこの香炉を誰にも売るなと言いつけ、引き上げていきました。次の日、厳《いか》めしい顔つきの大店《おおだな》の旦那といっしょにやって来て、その香炉を五十両でお買い上げくださいました。なんでも、宋《そう》の時代のもので貴重な香炉だと仰《おつしや》いました」

　松助は驚いたような顔をし、

「そんな高価な物を私の見る目がないばかりに一両で買ってしまいました。このままでは気が落ち着かないと思い、私は半分の二十五両を持って高野さまのところに行ったのです」

「ひょっとして、高野どのは受け取らなかったのか」

「そのとおりでして。値打ちがわかっていなかった自分にも落ち度がある。だから、金は受け取れないと」

松助は困りきったような顔で、

「なんとか受け取っていただきたいのですが。失礼ながら、高野さまは決してゆとりのある暮らしぶりではありません。この金さえあれば、助かると思うのですが」

「わかった。わしからも説き伏せてみよう」

「ありがとうございます」

「岩本町だったな」

「はい。『小松屋《こまつや》』でございます」

「わかった。しかし、そなたも感心だ。黙っていれば、まるまる儲《もう》けになったのにな」

剣一郎は讃《たた》えた。

「恐れ入ります」

松助は恥じ入るように、

「じつは私も最初は黙っていようとしました。ですが、気が引けて。それに、高野さまに嘘をついてはいけないような気もしました」

と、正直に言った。

「高野どのとはいつからのつきあいになる？」

「半年ほど前、店に掛け軸を持ってこられまして」

「掛け軸？」

「はい。その後も、ときたま脇差などを持ち込まれました。だいぶ、暮らしに困窮していているようでした」

「そうか」

剣一郎は松助と別れ、高野俊太郎の住まいに行った。

腰高障子を開ける。

「これは青柳さま」

俊太郎は手を休めて頭を下げた。

「仕事の邪魔をして申し訳ない。近くまできたのでな」

「どうぞ」

俊太郎は上がり框を片付けた。

腰の物を外し、剣一郎は上がり框に腰を下ろした。

この男が高山俊二郎だろうか。不正を働くような男には見えないが……。

「じつは、今『小松屋』の主人の松助に会って、事情を聞いた。香炉が五十両で売れたそうではないか」

「そのようですね」

「なぜ、半分受け取らないのだ？　受け取っても罰は当たるまい。いや。むしろ当然だと思うが」

「いえ、私が物の値打ちを知らなかったゆえに起きたことですので」

「それは松助にも言える。いや、商売柄、松助のほうが罪は深いかもしれぬ」

「松助どのとて、私を騙したわけではありません。お互いに納得して取引を終えたのです。その時点で、あの品物は私の手から離れました」

「そなたの言うことにも一理あるが、松助も困っている。自分の無知のせいで、思わぬ金が入ってきたんだ。素直に喜べないとは思わぬか。松助の気持ちもわかるであろう」

「………」

「松助の気持ちも考えて受け取ったらどうだ？　このままでは松助だけに重荷を負わせることになりはしないか」

剣一郎は説いた。

「自分の意志を貫くことは大切だが、それが周囲の者の仕合わせを呼ばないものだとしたら、自分の考えに何か足りないものがあるということではないか」

俊太郎は口を真一文字に結んでいた。

「先日の件、そう甘酒売りの件もそうだ。土下座までして甘酒売りのことを慮《おもんぱか》ったが、その甘酒売りはそなたに礼をするどころか、いつの間にかいなくなってしまったそうではないか。あまつさえ、ごろつきの茂造の死体が見つかるや、そなたに嫌疑がかかった……」

剣一郎は俊太郎の困惑した顔を見て、

「いや、よけいなことを申した。これは他人がとやかく言うことではない。そなた自身の問題だ」

俊太郎には何か強い思いがあるのだろう。甘酒売りを助けるために土下座までしたこととい、自分自身を律する強い何かがあるのか。

「失礼だが、高野どのは何年浪々の身を?」

剣一郎は話題を変えた。

「七年になります」

「七年か」

剣一郎は呟《つぶや》き、

「再び仕官するつもりは?」

「その気はありませんし、その口もありますまい」

俊太郎は表情を変えずに言う。

「高野どののお国は?」

「江戸です」

「江戸か」

「ただ、浪々の身になって、しばらく江戸を離れておりました」

江戸の生まれだからといって直参《じきさん》とは限らない。大名家にも江戸詰《づめ》の家臣がいるからだ。

「では、この長屋には?」

「去年から住んでおります」

「去年から」

いろいろききたいことがあったが、まだそこまで踏み込むべきではないと抑えた。

「長居しては、仕事の邪魔になるな」

剣一郎は立ち上がった。

「また、邪魔させてもらう」

剣一郎が行きかけたとき、

「青柳さま」

と、俊太郎が声をかけた。

「何か」

俊太郎はじっと剣一郎の目をみつめていたが、

「お金、受け取らせていただきます」

と、口にした。

「松助の？」

「はい」

「うむ。それがいいだろう」

応じたあとで、

「でも、どうして？」

と、剣一郎はなぜ態度を変えたのかときいた。

「青柳さまのお言葉に救われた気がします。正直、その金があれば、私も助かります」

俊太郎は頭を下げた。

「わしから松助に話しておこう」

そう言い、剣一郎は土間を出た。

長屋木戸を入ってきた若い男が、俊太郎の隣の部屋の前に立った。
二十一、二歳で、色白の細身の男だ。剣一郎に会釈をし、戸を開けて中に入って行った。剣一郎はそのまま木戸を出ていった。

五

八十吉は寒々とした部屋に上がり、まず火鉢をかきまわし、炭を熾した。それから、行灯に火を入れた。

初めてひとりで迎える冬だ。奉公しているときは、朝晩の厳しい寒さもなんとも思わなかった。寒さに負けない気構えがあった。

だが、今は体の芯《しん》まで凍てつく。隙間《すきま》風が冷たい。まだ初冬なのに、本格的な冬が到来したらどうなるのか。

昨夜、軍次が囁《ささや》いた言葉がまた蘇ってきた。

「これからもこんなしみったれた生き方をするつもりか。もっといい暮らしをしようじゃねえか」

望んでこんな暮らしをしているわけではない。八十吉は胸が締めつけられた。この先、自分に何が待っているのだろうか。

『赤鬼屋』で酒を呑んで、部屋に帰ってきたときの切なさはなんとも言えなかった。今頃は、お節の婿になって、仕合わせを謳歌《おうか》しているはずだった。

あれは桜の花が咲き出したときだった。お幸の言葉を鵜《う》呑《の》みにして『田所屋』の主人勘十郎は八十吉を罵《ののし》った。そのころ、お節は八十吉を避けていた。なんとしてでも、誤解を解きたいと、八十吉は庭に出てきたお節の前に飛びだし、

「お節さん。お幸って女の言っていることはでたらめなんです。あの女は……」

と、訴えた。

「八十吉さん。もう私のことは忘れて」

「お幸って女とはなんでもないんです。わかってください」

「もうおしまいよ」

お節は冷たく言い放った。

「そんな」

呆然《ぼうぜん》としている八十吉を残し、お節は部屋に引き上げてしまった。

その翌日、八十吉は勘十郎に呼ばれた。奥の部屋に行くと、勘十郎は厳しい顔で待っていた。

「八十吉。お節とのことはなかったことにする」

勘十郎ははっきり言った。

「旦那さま」

八十吉の目に、思わず涙が込み上げてきた。昨日のお節の態度からも、もう元通りにはならないと思っていたが、はっきり宣告されて感情が激してきた。

「だが、おまえは『田所屋』には必要だ。お節とのことはなかったことにし、これからも今までどおり働いておくれ。いずれ、番頭にもなれる」

「旦那さま。お節さんはどうなさるのですか」

八十吉はきいた。

「そんなこと心配しなくていい」

「ひょっとして、お節さんに婿が……」

　八十吉は身を乗り出し、

「誰ですか。お節さんの婿は？」

「いずれ、おまえの主人になる男だ。教えよう。『三村屋《みむらや》』の次男で、丹次郎《たんじろう》という男だ」

「なぜ、急に『三村屋』の丹次郎さんが？」

「そんなことはどうでもよい。あと何年かしたら、丹次郎が『田所屋』の主人になる」

『三村屋』は麴町《こうじまち》にある幕府御用達《ごようたし》の呉服問屋だ。そこから婿を迎えれば『三村屋』とは縁戚になる。『田所屋』にとっては、八十吉を婿にするよりは丹次郎のほうがはるかに得だ。だが、それだけではなかった。丹次郎はお節より十近くも年上だが、苦《にが》み走った男だった。お節は丹次郎の口説きにかかって、ころりと心変わりをしてしまったのだろう。

「八十吉。おまえは納得出来ないだろうが、もう一度、新たな気持ちでうちで働くんだ。それが出来ないなら、辞めてもらうしかない」

勘十郎は厳しく言った。

他の奉公人から向けられる同情や蔑《さげす》みの目に耐えることは出来なかった。ことに苦しかったのはお節の姿をときおり目にするときだった。

ずたずたに引き裂かれた八十吉の心は『田所屋』で働くことを拒《こば》んでいた。お節と丹次郎の祝言《しゅうげん》が決まったと聞いた日、八十吉は『田所屋』を去ったのだ。

それから半年経つというのに、あのときの悔しさや悲しさはまだ癒《い》えなかった。先日、『田所屋』の前を通ったとき、丹次郎とお節がいっしょに出かけるところに遭遇した。八十吉はあわてて姿を隠した。

ふたりをやり過ごしながら、なぜ自分がこそこそ隠れなければならないのだと忸怩たる思いに駆られた。

静かな夜に隣の高野俊太郎の住まいから竹を広げる音がする。こんな遅くまで働いているのだと神妙な気持ちになった。

顔を合わせたら挨拶《あいさつ》する程度だが、着ているものはよれよれでも姿形はたくましく立派だった。なぜ、あのような男が浪人になり、あんな内職をしているのだろうか。それが不思議だった。

あの浪人にもいろいろなことがあったのだろうと思った。誰もが辛《つら》いものを抱えて生きているのだ。

今ごろ、亀吉はまだ帳面付けをしているところだろうか。このままいけば、亀吉はいつか番頭になるだろう。

お節に誘われなければ俺だって『田所屋』に骨をうずめたはずだ。一番番頭をはじめ、『田所屋』の奉公人はみないいひとたちだった。お節の気まぐれに付き合わされて俺の一生は……。

またも悔し涙が込み上げてきた。

翌日、籠を背負い、天秤《てんびん》を持って、町を歩いた。

本郷《ほんごう》の小商《こあきな》いの店の勝手口に呼ばれた。古紙と古布がたくさん出ている。天秤で目方を量《はか》って金を渡す。

「また、お願いいたします」

八十吉は礼を言い、引き上げた。

相棒の常七は愛想を言ったりするのが苦手な男だった。

湯島《ゆしま》の切り通しから池之端仲町《いけのはたなかちょう》に行き、何軒かから古紙を買い集めた。

「八十吉、少し休憩しよう」

常七が言った。

「ああ」

不忍池《しのばずのいけ》の辺に行き、籠を肩から外した。

常七は木の根っこに腰を下ろし、煙管《キセル》を取り出した。刻《きざ》みを詰め、火縄に火をつける。

「八十吉」

煙を吐《は》いてから、常七がきいた。

「おめえ、この仕事をはじめてどのくらいだ？」

「半年近くになる」

「そうか、半年か」

常七は目を細めた。

「どうだ、やりがいはあるか」

「やりがい？」

「この仕事を一生やっていきたいと思うか」

「いや……」

「だろうよな」

「常七さん、何が言いたいんだ？」

「うむ」

常七は煙管を足元で叩いて灰を捨て、

「心配なんだ」

と、口にした。

「おめえ、『田所屋』に奉公していたのか」

岡っ引きの甚助との会話を聞いていたのだ。

「なんで、あんな大店を辞めたんだ？　何かしでかしたのか」

「俺は何もやっちゃいねえ。ただ、俺にだって矜持《きょうじ》がある。自分の心をねじ曲げてまで奉公していられないってことだ」

八十吉は自嘲《じちょう》するように口元を歪《ゆが》めた。

「なぜ、岡っ引きの甚助がおめえにつきまとっているんだ？」

「『田所屋』の主人の差し金だ。俺が『田所屋』を恨んで、ばかな真似をしないか警戒しているのだ」

「ばかな真似とは？」

けれだ。それでいるのだろう。主人の勘十郎は八十吉がお節に仕返しをすると思っているのだろう。それだけ、八十吉に対して酷《ひど》いことをしたという自覚があるのだ。

「俺もおめえがばかな真似をしないか心配だ」

「…………」

「いい若い者が紙屑買いをしていちゃ心が持たねえ。いつか、何かやってやろうと思うようになるんじゃねえか」

常七は表情を曇らせ、

「甚助に睨まれていることもそうだが、それ以上に、軍次と又蔵って男が気になる。あのふたりの目つきは気にくわねえ」

「あのふたりを知っているのか」

「知らないが、あの崩《くず》れた雰囲気はろくなもんじゃねえ。あのふたりの誘いに乗ってはだめだ」

常七は吐き捨てるように言う。

「俺だってばかじゃねえ」

八十吉は言い切る。

「それならいいが、こんな紙屑買いの仕事を続けているうちに虚《むな》しくなって、つい魔が差すってこともあるからな」

「わかっている」

八十吉が答えたとき、目の前を横切っていった男女のふたり連れがいた。男は四十歳ぐらいの商家の旦那ふうの男だ。問題は女のほうだ。ふたりは池沿いの出合茶屋から出てきたようだ。

「八十吉、どうした？」

常七が不審そうにきいた。

「あの女」

八十吉は呟く。

「あの女がどうした？」

「俺を貶《おとし》めたお幸って女だ。常七さん、すまねえ、俺はあの女の住まいを突き止める」

八十吉は籠を背負った。

「待て。俺もいっしょに行く」

「でも」

「ふたりのほうが気づかれねえ」

常七も籠を背負ってその気になっていた。


池之端仲町の通りに出て、お幸は旦那ふうの男と左右に分かれた。お幸は湯島のほうに向かった。

「天神下《てんじんした》にある料理屋の女かもしれぬな」

常七が言ったとおりに、お幸は天神下にある『糸柳《いとやなぎ》』という料理屋の門を入って行った。

常七は『糸柳』の裏にまわり、

「紙屑買いでございます」

と、声を張り上げた。

「ちょいと」

裏戸が開いて、女中頭らしい女が出てきた。

「お頼みするわ」

女中頭に請われて裏口を入る。

庭を突っ切り、勝手口に行くと、女中頭は古紙の束《たば》をいくつか外に出した。八十吉と常七が天秤で古紙の束の目方を量った。

「姐《ねえ》さん。こちらにお幸って女中さん、いらっしゃいますかえ」

常七が量りながらきく。

「どうして？」

「ええ、さっき門を入って行く若い女子を見かけましてね。あのひと、お幸さんですよね」

常七はさりげなくきく。

「そうです」

偽名かと思っていたが、お幸はほんとうの名だった。

「姐さん。すみませんが、ちょっとお幸さんを呼んでいただくことは出来ませんか。じつは、お幸さんはあっしの死んだ娘によく似ているんです」

古紙と引き換えに、銭を女中頭に渡しながら頼む。

「あら、こんなに」

「それはお幸さんを呼んでいただくほんの気持ちでして」

「そう。じゃあ、待っていてね」

女中頭は勝手口を入って行った。

しばらくして、若い女が常七を目指してやって来た。

「私に用って、おまえさんなの」

お幸は常七に声をかけた。

「いえ、こいつなんだ」

八十吉は顔をあげた。

「おまえさんは？」

お幸は不思議そうな顔をした。

「覚えちゃいませんか」

八十吉が怒りを抑えてきく。

「どこで会ったかしら」

お幸はほんとうにわからないようだった。

「半年ばかり前のことですよ」

「半年……」

お幸は首を傾げた。

「思いだせませんか。ほれ、木挽町三丁目にある木綿問屋『田所屋』の座敷で、お会いしたんですがねえ」

「えっ」

　お幸の顔色が変わった。

「あっ、おまえさんは手代の……」

「思いだしていただけましたか。あの頃は懸命に捜しましたぜ。今になって会ってもどうしようもないんですが、せめてどういうことであんな嘘をついたか、そのわけを教えていただけませんか」

「………」

「おまえさん、お店を辞めたの？」

　お幸が表情を曇らせてきいた。

「今はごらんのとおりのありさまですよ。いったい、誰に頼まれて、あんな嘘を？」

「………」

「教えてくれませんか」

　八十吉は迫るようにきく。

「お幸さん。最前、ある男と出合茶屋にいきましたね」

「………」

「ちゃんと話してくれないなら、ここの主人におまえさんが客の旦那と出合茶屋に入って行ったことを話しますぜ。もちろん、店ぐるみのことなら、岡っ引きの親分さんにすべてをぶちまけますが」

常七が脅《おど》すように言う。

「お幸さん、教えてくれませんか」

八十吉が頼む。

「もう昔のことだし、別に喋《しゃべ》っても構わないわね」

お幸は口元を歪め、

「『三村屋』の丹次郎さんよ」

と、口にした。

「『三村屋』の丹次郎?」

八十吉はきき返す。

「丹次郎さんはよくここに来ていたの。私を口説いていたわ。出合茶屋で頼まれたの。八十吉と所帯を持つ約束をしたと、『田所屋』の旦那に訴え出てくれと。そのとおりにしたわ。だって、お金がもらえるから。まさか、おまえさんをお店から追い出すためだとは知らなかったわ」

「丹次郎って奴はなんて汚《きたね》え男なんだ」

八十吉は呻《うめ》くように言う。

「でも、『田所屋』の旦那も承知のことだったわよ」

「旦那も承知？」

「『田所屋』の旦那の前でちゃんと嘘をつけるか心配だわと言ったら、丹次郎さんから『田所屋』の旦那も承知のことだから心配するなと」

「………」

やはり、皆でよってたかって俺をお節から切り離そうとしていたのだ、と八十吉は胸を掻《か》きむしりたくなった。

「もういいかしら」

お幸は戻っていった。

八十吉は常七といっしょに料理屋の裏口を出た。

「八十吉、ひでえ話だとは思う。だが、昔のことだ。忘れろ」

常七が声をかける。

想像していたとはいえ、お幸からほんとうのことを聞かされたことで、八十吉は打ちのめされたようになっていた。

第二章　疑　惑

一

剣一郎は草履《ぞうり》取りと共に、小川町《おがわまち》にある小普請組支配波多野善行の屋敷を訪れた。

玄関で用人に迎えられて、剣一郎は客間に通された。手焙《てあぶ》りが置いてあり、剣一郎は手をかざした。

ほのかな温《ぬく》もりが手の平から全身に伝わるようだった。

襖《ふすま》が開き、小肥りの波多野善行が入ってきた。四十半ば、ふくよかな顔だちで、穏やかな目をしていた。だが、心なしか、表情は曇《くも》っていた。

「南町奉行所与力の青柳剣一郎でございます」

剣一郎は頭を下げた。

「波多野善行だ」

「本日はお会いいただき、ありがとうございます」

剣一郎は礼を言うと、

「さっそくですが、十年前の不正についてお話しくださいますか」

「うむ」

波多野は眉根《まゆね》を寄せ、

「十年前、わしは勘定奉行勝手方の勘定組頭をしていた。そのときの配下に水沢辰之進と牧友太郎という勘定がいた。高山俊二郎はその下の支配勘定だった」

勘定奉行の下に勘定組頭がおり、その下に勘定、さらに支配勘定と続く。

「高山が土木工事の出張検分で材木問屋から金を受け取り、虚偽の報告を上げていたことがわかった。その不正を見つけたのがそのふたりだ」

波多野は続ける。

「ふたりの訴えを受け、わしは高山を問いつめた。すると、金をもらい、材木問屋が水増しした見積もりに合わせて検分結果を出したことを認めた」

波多野は苦い顔をして、

「この不正は高山ひとりで出来るものではなく、他に手を貸した者がいると思われたが、未遂で終わったこともあって、わしは穏便にすませることに努めた。つまり、高山ひとりだけの問題として、ことを収めた」

「高山どのひとりが罪をかぶったのですか」

「そうだ。その結果、高山は役職を解かれ、小普請組に編入させられた。ところが」

波多野は間を置き、

「小普請組のときにまた不始末をしでかしたのだ」

「今度は何を？」

「本所南割下水《ほんじょみなみわりげすい》にあてがわれた屋敷にいかがわしい女を引き入れ、放蕩《ほうとう》の限りを尽くしたのだ」

「いかがわしい女？」

「岡場所の女だ」

「高山どのに妻女は？」

「いたが、小普請組に編入されたとき、妻女は一歳の男の子を連れて高山の元を去った」

「…………」

「ひとり暮らしのやりきれなさを女で紛《まぎ》らわせようとしたのだろう。小普請組には同じような輩《やから》もいる。いつしか小普請組頭の耳に入り、武士にあるまじきこととして、御家は断絶、本人は士籍剝奪となった」

波多野は目を伏せた。

「そうですか」

剣一郎は首をひねった。

高野俊太郎の人柄とはかけ離れている。

「その後、高山は江戸を離れた。誰も行方を知らなかった。勘定奉行勝手方の役人から小普請組に入れられ、士籍剝奪となって七年。ところがその高山が江戸に舞い戻っているという噂《うわさ》がある」

「噂の出所は？」

「小普請組の者だ。高山を見かけた者がいると組頭から聞いた」

「なるほど」

「高山が江戸に戻っていようがいまいが、もはや直参《じきさん》ではない男のことにあまり関心はなかった。ところが、半月前の十月七日、牧が本郷の自分の屋敷の近くで闇討《やみう》ちに遭《あ》って落命した。背後から背中を斬られ、振り向いたところを袈裟《けさ》懸《が》けに斬られたのであろう。刀を抜く暇《ひま》もなかったようだ。牧は酒が入っていたらしい」

「斬った相手は?」

「見ていた者はいない」

「誰が亡骸《なきがら》を?」

「隣の屋敷の主人だ。遅い帰宅をして、門の前で倒れている牧を見つけたのだ。すぐに牧家に知らせた」

「このことは表沙汰にならなかったのですね」

「牧の名誉を守り、牧家の存続を図るために、病死として届け出た。勘定組頭がそうさせたようだ」

「下手人を見つけ出そうとしなかったのですね」

「そうだ。あくまでも、牧の名誉のためだ」

そのために殺した相手を見逃しにするのかと、剣一郎は納得いかなかったが、

「なぜ、高山どのの仕業だと思ったのでしょうか」

と、きいた。

「それは牧のせいで、勘定勝手方の役人を辞《や》めさせられたからだ」

厳しい顔で、波多野は言った。

「しかし、それは逆恨みですね。非は高山どのにあるのですから」

「そうだが……」

「ひょっとして、お仲間だった水沢どのがそう思い込んでいるのですか」

「そうだ」

「十年前、高山どのが不正に関わっていたのは間違いないのですね。それを糾弾《きゅうだん》した牧どのに復讐をするなど解《げ》せませんが」

「しかし、牧らの訴えで、高山の不正が暴かれたのだ。そのことに恨みを抱《いだ》いても……」

「よしんば、逆恨みを承知で恨みを晴らそうとしたのだとしても、十年前のことではありませんか。なぜ、今頃になって？」

剣一郎は疑問を口にした。

「江戸にいなかったからだろう」

「しかし、江戸にいなかったのは七年前からです。勘定勝手方の役人を辞めさせられたあとの三年間は小普請組で過ごしていました。逆恨みにしても、恨みを晴らすならその時期に行なうと思われますが」

「この十年で恨みを晴らすという気持ちになっていったのだろう。いや、江戸を離れていた期間、高山は剣の修行をしてきたのかもしれない。腕に自信が持てた今、いよいよ復讐を……」

波多野は厳しい顔になった。

「もしそうだとしたら、闇討ちなどという卑怯《ひきょう》な手段は選ばないと思います。堂々と名乗り出て、正面から襲うのではないでしょうか」

「…………」

「波多野さまも高山どのの逆恨みの相手なのですね」

剣一郎は確かめた。

「そうだ。高山を問いつめたのはわしだ。牧や水沢以上に、わしのことを恨んでいるはずだ」

波多野は顔をしかめて、

「青柳どの。高山を捜してもらいたい。もちろん、秘密裏《ひみつり》にだ」

と、訴えるように言う。

「見つけてどうなさるおつもりですか」

剣一郎は気になってきいた。

「もちろん、ばかなことをやめさせる」

「それだけですか」

「そうだ」

「でも、復讐に燃えているなら何を言っても聞きいれてはくれないと思いますが」

剣一郎はなおもきく。

「そのときはそのときだ」

波多野は溜《た》め息混じりに言う。

「わかりました。ところで、水沢どののお屋敷はどこでしょうか。水沢どのからも話をお聞きしたいと思いまして」

「小石川片町《こいしかわかたまち》だ」

「承知しました」

「このことは大げさにしたくない。十年前は内々に済ませた。今回もひっそり片をつけたいのだ」

波多野は厳しい顔で言った。

「はい」

剣一郎は波多野の屋敷を辞去した。

十年前の恨みを今になって晴らすとは思えない。波多野善行は本気でそう思っているのだろうか。水沢辰之進も牧友太郎の死が十年前のことに絡《から》んでいると考えているという。

剣一郎は奉行所に戻った。

門を入ったところで、同心詰所から京之進が出てきた。

「青柳さま」

京之進が近づいてきた。

「例の地回りの茂造ですが、ちょっと妙なことに」

「妙なこと？」

剣一郎は耳をそばだてた。

「ええ。仲間の話では、茂造は気が短くて喧嘩《けんか》っ早い男だそうですが、殺されるほどの恨みを買っていたとは思えないというのです。他からも同じようなことが耳に入ってきました」

「茂造の周辺には疑わしい者はいないというのか」

「はい」

京之進は戸惑《とまど》ったような顔をし、

「青柳さま。やはり、あの高野俊太郎という浪人が気になります」

と、口にした。

波多野善行の話が蘇《よみがえ》った。高山俊二郎が牧友太郎に復讐をしたというのだ。

高山俊二郎と高野俊太郎は同一人物の可能性は高い。

「高野俊太郎のことは、しばらくわしに任せてくれぬか」

「はい、お願いいたします」

「それより、甘酒売りを見つけ出すことが先決だ。甘酒売りと茂造の間に別の何かがあったのかもしれない」

「わかりました」

剣一郎は京之進と別れ、与力部屋に向かった。


夕七つ（午後四時）に奉行所を退出し、剣一郎はいったん八丁堀の屋敷に帰ったあと、編笠《あみがさ》をかぶって出かけた。

浜町堀沿いにある富沢町の裏長屋に着くと、木戸の前に大八車が停まっていた。

荷台に傘《かさ》が積んであった。剣一郎が木戸を入り、一番奥の家に向かったとき、張り替えの終わった傘を抱えた男が出てきた。

男は木戸前に停めた大八車に傘を積んで、そのまま大八車を引っ張っていった。

剣一郎は奥の家の腰高障子《こしだかしょうじ》を開ける。

「ごめん」

剣一郎は声をかけた。

傘の骨の隙間《すきま》から、高野俊太郎の細面《ほそおもて》の顔が見えた。部屋の隅に、骨だけの傘が積んであった。

「これは青柳さま」

俊太郎は立ち上がって傘をどけた。

「また、邪魔をさせてもらう」

「どうぞ」

俊太郎は歓迎するように言う。

剣一郎は上がり框《かまち》に腰を下ろした。

「一日中、家の中で仕事をしていて、辛《つら》くはないか」

剣一郎はきいた。

「馴《な》れました」

「そうか」

「ところで、茂造という男を殺した下手人はまだわからないのでしょうか」

俊太郎のほうから話を持ちだしてきたので、剣一郎はおやっと思った。

「いや。まだだ」

「あの甘酒売りの男は見つかったのでしょうか」

「いや、見つからない」

「そうですか」

俊太郎は考えこむように顎《あご》に手をやった。

「何か」

「いえ、なんでもありません」

俊太郎はあわてて顎から手を外した。

「夕餉《ゆうげ》はどうしているのだ？」

「ここで作りますが、たまに近くにある『赤鬼屋』という呑《の》み屋ですませます」

「そろそろ夕餉の支度《したく》をするころだな」

剣一郎はそう言ったあとで、

「近々、暇を作ってはもらえぬか」

と、切りだした。

「暇ですか」

「そなたとじっくり話がしたいのだ」

「………」

すぐに返事はなかった。

剣一郎がもう一度呼びかけようとしたとき、

「私はいつでも」

と、俊太郎は言った。

「そうか。では、場所はどこがいいかな。希望はあるか」

「特にございませんが、お酒を呑みながらというのは遠慮したいと思います」

俊太郎は言った。

「わかった。では、わしの屋敷にこぬか」

「八丁堀でございますか」

「うむ。明日の夜ではどうか」

「明日の夜はちょっと……。出来ましたら昼間のほうが」

「そうか。では、明々後日《しあさって》の昼間はどうだ？　屋敷にいるようにする」

「わかりました。明々後日の八つ（午後二時）にお伺《うかが》いいたします」

「うむ。待っている」

剣一郎は立ち上がり、土間を出た。

木戸口に、若い男の後ろ姿が見えた。俊太郎の隣に住む色白の細身の男だ。長屋木戸を出ていく。

剣一郎は『赤鬼屋』という呑み屋を探して歩き出したが、若い男のあとをつけるような形になっていた。

若い男は縄暖簾《なわのれん》のかかった居酒屋に入って行った。提灯《ちょうちん》に『赤鬼屋』とある。すでにだいぶ客が入っていた。

剣一郎は場所を確かめて引き上げた。

二

八十吉は小上がりに座り、酒とつまみを頼んだ。

まだ、お幸の言葉が耳から離れない。

『三村屋』の丹次郎に頼まれて、八十吉と所帯を持つ約束をしたと、『田所屋』の主人、勘十郎に訴え出たのだと打ち明けた。金のためだ。

お節もお幸の話を真に受けたのだ。

『三村屋』の丹次郎を婿《むこ》に迎えたほうがお店の得になると勘十郎は考えたのだろう。お節にしても、苦み走った丹次郎に魅力を感じ、心変わりをしたのだ。

ちくしょう、と酒をいっきに喉《のど》に流し込んだ。

今や、丹次郎はお節の婿になって『田所屋』の若旦那だ。いずれ、『田所屋』を継ぐ。本来ならそれは自分の役割だったと言うつもりはないが、あんな姑息《こそく》な手を使って、自分を『田所屋』から追い出したことに怒りを覚えた。

だからといって、今さらどうすることも出来ない。

だが、あくどいことをした丹次郎が『田所屋』の若旦那としていい思いをしているのに比べ、自分には先が見えない。

紙屑《かみくず》買いの仕事をこのまま一生続けていくしかないのか。力仕事など無理だから、他に仕事といっても行商で生計をたてていくしかない。

いつか小さいながらも店を持ちたいと思っても、その元手を稼ぐには何十年かかるか。

た。

手酌《てじゃく》で酒を注《つ》ぎ、苦い酒を呑み干す。

ふいに目の前に翳《かげ》が射した。顔を上げると、軍次と又蔵が向かいに腰を下ろした。

いかつい顔の軍次が、

「どうした、ずいぶん乱暴な呑み方をしているな」

と、冷笑を浮かべた。

「ほっといてくれ」

八十吉は不快そうに言う。

「そんな邪険にするもんじゃないぜ」

小女《こおんな》がやって来た。

「酒を頼む」

又蔵が注文をする。

「何かあったのか」

軍次がきいた。

「なんでもない」

「怖い顔をしていたじゃねえか。何もないわけないだろう」

又蔵が口を入れた。眉毛が薄く、唇が赤い。無気味な感じに、思わず顔をそむける。

「また、『田所屋』の娘のことを思いだしていたんだろう」

軍次が厳しい顔で、

「どうだ、『田所屋』を少し痛めつけてやりたいと思わねえか」

と、声を潜《ひそ》めてきいた。

「『田所屋』を？」

「『田所屋』は丹次郎が婿に入り、ますます商売も繁盛しているそうだ。ほんとうなら、おめえが婿に入るはずだったんだろう。それを丹次郎に横取りされたんだ。悔《くや》しいと思わねえか」

「……今さら、どうしようもない」

「この前もきいたが、この先ずっと紙屑買いをしていくつもりじゃないんだろう。まだ、おめえは若いんだ。この先、面白いことがなくちゃやってられない。そうだろう？」

軍次はにやりと笑い、

「俺たちといっしょに何かどでかいことをやらねえか」

「どでかいこと？」

「そうだ」

軍次の目が鈍《にぶ》く光った。

「何をするんだ？」

「そのうち言う」

あのふたりの誘いに乗ってはだめだ。

常七の言葉が蘇った。

「何をするのか教えてくれなきゃ……」

「俺たちの仲間になればいいんだ。こんなしけた酒しか呑めない暮らしにおさらばするんだ。そうじゃなければ、いつかきっと後悔するぜ。じゃあな」

軍次と又蔵は立ち上がった。

「きょうはおめえの分も払っておくから」

軍次が言う。

「いや、そんなことされる謂《いわ》れはねえ」

「仲間になったんだ。気にするな」

軍次は小女を呼び、八十吉の分の代金もいっしょに払った。

八十吉は黙ってその光景を見ていた。

翌日、八十吉は常七といっしょに芝《しば》のほうまで行き、帰りは木挽町三丁目を通った。

木綿《もめん》問屋『田所屋』の屋根看板が目に入った。広い間口に暖簾がかかっていて、店の中は見えない。だが客の出入りは多く、相変わらず繁盛しているようだ。

女の客が出てきた。その後ろから手代の亀吉がついてきた。客を見送りに出てきたのだ。客の背中に向かって頭を下げている姿を見て、奉公していたときのことが蘇った。自分もああして客を見送ったのだ。

頭を上げた亀吉がこっちに顔を向けた。八十吉はあわてて下を向き、急ぎ足になった。

「すまねえな。つい、この道に来てしまった」

常七が追いついて言う。

「俺がわざと足を向けたんだ」

八十吉は自嘲《じちょう》ぎみに言う。

三十間堀《さんじつけんぼり》沿いを歩きながら、

「まだ、『田所屋』に未練があるのか」

と、常七がいたましげに言う。

「そうじゃねえが……」

八十吉は拳《こぶし》を強く握りしめた。そうしないと涙が出そうになるのを止められなかった。悔し涙か、悲しみの涙か。自分でもはっきりしない。

「さっき出てきた手代は亀吉といって、俺と同じ時期に奉公に上がった男なんだ。亀吉を見たら、境遇の差に愕然《がくぜん》としてしまった」

あっちは大店《おおだな》の手代、かたや、こっちは紙屑買いだ。それだけでなく、亀吉はいつか番頭になり、うまくいけば暖簾分けして店を持たせてもらえるという夢がある。だが、八十吉には何もない。

じり貧になっていくだけだ。

江戸橋《えどばし》を渡り、伊勢町堀までやって来た。

「ちょっと休もう」

常七が言い、堀沿いの日向《ひなた》の場所に向かった。

初冬の弱い陽差《ひざ》しを受けながら、ふたりは籠《かご》を下ろした。今日は籠にあまり古紙は入っていなかった。

常七は煙草入《たばこい》れから煙管《キセル》をとりだした。八十吉は堀に目をやった。船の船頭や河岸の荷役《にやく》人足たちがたくましく働いている。

「常七さんはいつからこの仕事を？」

八十吉はふと思い付いてきいた。

「そうよな、かれこれ五年になるかな」

「五年？　じゃあ、その前は？」

「あの連中のようなことさ」

常七は船荷を運んでいる人足たちを見て言った。

「力仕事をしていたのか」

「ああ。だが、あるとき、荷崩《にくず》れの下敷きになって肩を痛めた。それで、力仕事は出来なくなって、紙屑買いに転向だ」

「他に仕事はなかったのか」

「商家の下男の仕事があったが、こきつかわれるのが性《しょう》に合わないんでな」

「そうか。でも、最初から力仕事をしていたわけじゃないんだろう？」

八十吉はきいた。

「ああ」

「若いころ、何をやっていたんだ?」

「……………」

常七から返事がなかった。

八十吉は訝《いぶか》って常七の顔を覗《のぞ》き込んだ。常七は気難しい顔をして、黙りこくっていた。

「きいちゃ悪かったか」

八十吉はぽつりと言う。

「そうじゃねえ」

常七が首を横に振って、

「じつは……」

と、言いかけた。

だが、また口は閉ざされた。

「常七さん。何か言いづらそうだな。無理に言わなくていい」

八十吉は同情するように言う。

「おめえのために言わないほうがいいかと思っていたんだが」

常七は顔を上げた。

「俺のためだったら、隠し立てされるより話してもらったほうがいい」

「そうか」

常七は深く溜め息をつき、

「八十吉、ほんとうのことを言おう」

と、厳しい顔を向けた。

「じつは俺も昔は麴町の大店に奉公していたんだ。店を辞めたのは手代のときだ。おめえと同じだ」

「常七さんも大店に奉公……」

「そうだ。あるとき、俺は堪忍袋の緒《お》が切れて、厳しく当たる番頭を殴《なぐ》り飛ばしてしまった。それで、お払い箱になった」

「そんなことがあったのか」

八十吉は驚いて言う。

「情けない話だが、ほんとうは厳しい奉公人の暮らしに耐えられなくなっていたんだ。だが、店を放り出されて、いかに自分が店に守られていたかを知った」

その言葉は、八十吉の身に沁《し》みた。

『田所屋』に奉公していたときと今の境遇とは、天と地ほどの差があった。

「それから、どうしたんだ？」

八十吉はなおもきいた。

「悪い仲間に入って、博打《ばくち》と酒に明け暮れ、金がなくなれば、ゆすりたかり……。そんな暮らしが五、六年続いた。そんなとき、俺の気持ちを変える出来事があったんだ。俺が兄貴分として慕《した》っていた仲間が喧嘩で殺されたんだ。匕首《あいくち》で滅多刺しにされてな。雨の中、俺が駆け付けたとき、雨粒が亡骸を激しく打ち付けていた」

「………」

「ひとの世の無常を知った。雨に打たれて横たわる兄貴分の顔がいつしか俺の顔になっている夢を見て、夜中に何度もうなされて飛び起きた。それから、俺はまっとうに生きようと決心したのだ。それで、日傭取《ひようと》りからはじめ、回船問屋《かいせんどんや》の荷役人足になって働いていたんだ。怪我《けが》をするまではな」

「そうだったのか」

「おめえの話を聞いたとき、俺と同じだと思った。だから、このことを隠したんだ」

「俺を見て、自分の将来を決めつけられても困ると思ってな。俺は悪い仲間に加わり、あくどいことをしてきた。その挙げ句が今の俺の姿なんだ。俺だって、奉公を辞めたあとまっとうに生きていたら、もっと違った今があったと思っている。八十吉」

「なぜ？」

常七は真顔になり、

「軍次と又蔵という男の誘いに乗ってはだめだ。いいな」

と、語気を強めた。

「ああ」

「おめえに俺と同じ道を歩いてもらいたく……」

常七は最後まで言い切らずに胸を押さえて顔を歪《ゆが》めた。手から煙管が落ちた。

「常七さん、どうしたんだ？」

顔から血の気が引いていた。常七は顔を俯《うつむ》け、胸を押さえながら、

「すぐ落ち着く」

と、苦しそうに言った。

八十吉は煙管を拾った。

しばらくして、常七の息づかいは穏やかになっていた。

「もうだいじょうぶだ」

常七は顔を上げた。顔色はまだ青白かった。

「医者に診《み》てもらったほうがいい」

八十吉は勧《すす》める。

「最近、ときどき、こうなる。だが、すぐ治まるから心配いらない」

「でも」

「よし、行こうか」

「常七さん、これ」

煙管を渡す。

「ああ、すまなかった」

籠を背負ったが、

「常七さん、きょうは早めに切り上げようじゃないか。早く、帰って休んだほうがいい」

と、八十吉は強く言う。

「そうだな」

常七は珍《めずら》しく素直に聞きいれた。

米沢町の紙問屋『あずみ屋』の裏手にある紙の集積場に古紙を持ち込み、金の精算をして、帰途についた。

「常七さん、送っていく」

「いい。病人扱いするな」

「でも、まだ明るいから」

八十吉は常七について浅草御門を抜け、三味線堀《しゃみせんぼり》から流れる忍川《しのぶがわ》を越えて左に折れ、元鳥越町の裏長屋にやって来た。

長屋木戸を入る。三軒《さんげん》長屋だ。ちょうど鳥越神社の裏手で日当たりがわるそうな場所だった。

一番手前の住まいの腰高障子を開け、常七は土間に入った。八十吉も続く。

寒々とした部屋に上がり、常七は火鉢で炭を熾《おこ》した。

「常七さん、俺はもう失礼する」

「いいじゃないか。せっかく来たんだ」

「でも、早く横になったほうが」

「なに、もうだいじょうぶだ。茶ぐらい飲んでいけ」

常七は元気に言う。

「そうだな」

部屋の中は小ぎれいだった。八十吉の部屋より広い。壁際に文机《ふづくえ》があって、位《い》牌《はい》が目に入った。

「常七さん、あれは？」

八十吉はきいた。

「女房だ」

「おかみさん……」

「三年前に死んだ。もともと体が弱かったんだが、苦労ばかりかけどおしだった」

常七はしんみり言う。

「さっきは言わなかったが、俺が堅気になれたのも女房がいたからだ。女房がいてくれたから、頑張ってこられたんだ」

「そうか。常七さんのおかみさんなら会ってみたかったな」

「うむ。いい奴だった」

鉄瓶の湯が沸いてきた。

常七が茶をいれてくれた。

「女房は茶が好きでな。茶を飲んでいると思いだすんだ。俺といっしょになって仕合わせだったろうかと考えることがある。ずっと貧乏暮らしだった」

「常七さんといっしょだったら、きっと仕合わせだったはずだ。俺にはわかる」

「そうか」

常七は笑った。

「じゃあ、俺はもう帰る。ゆっくり、休んでくれ」

「ありがとうよ」

「もし、具合が変だったら、医者に診てもらってくれ」

「わかった。そうする。すまなかったな。明日の朝、また『あずみ屋』で会おう」

常七に別れを言い、八十吉は土間を出た。

ちょうど隣の家から三十半ばぐらいのおかみさんが出てきた。八十吉は会釈をした。おかみさんも軽く頭を下げ、井戸端に向かった。

八十吉は思い付いて声をかけた。

「あっしは常七さんといっしょに働いている八十吉っていいます。常七さん、ちょっと具合が悪そうだったので、もし何か様子がおかしかったら、お医者さんを呼んでいただけると助かるんですが」

「そう、常七さん、ときたま心ノ臓が締《し》めつけられるようになるそうね」

「ご存じでしたか」

「ええ、何度か苦しそうにしているのを見たことがありますから」

「そんな前々から具合が……」

今まで、まったく気がつかなかったと、八十吉は顔をしかめた。

「じゃあ、よろしくお願いいたします」

八十吉はおかみさんに頼み、長屋を出ていった。


翌朝、八十吉はあわてて浜町堀を渡り、米沢町の『あずみ屋』に向かった。

昨夜はなかなか寝つけず、やっと明け方近くになって寝入った。そのために寝坊した。

古紙の集積場に駆け込むと、番頭が眉根を寄せて、

「常七もまだだ」

と、いらだったように言う。

他の紙屑買いがふたり一組で籠を背負って出かけて行き、八十吉だけが残った。

具合が悪くて起きられないのではないかと心配になり、八十吉は常七の長屋に急いだ。

浅草御門を抜け、鳥越橋を渡って鳥越神社のほうに曲がった。

長屋に入って行くと、常七の家から医者が出てきた。暗い顔つきに、八十吉は息が詰《つ》まりそうになった。

医者を見送りに出てきた昨日のおかみさんが、八十吉に気づいて近寄ってきた。

「おかみさん」

八十吉は声をかけた。

「明け方、物音がしたので、様子を見に行ったら……」

八十吉は最後まできかずに土間に駆け込んだ。

常七はふとんに横たわっていた。

「常七さん」

八十吉は部屋に上がり、枕元にいった。

常七は口から舌を少し出していた。苦しかったのだろうか。だが、じっと見つめていると、穏やかな顔に思えた。

「あんまりだぜ。急すぎるじゃねえか」

八十吉は嗚咽《おえつ》を漏《も》らした。

「俺はこれからどうしていったらいいんだ」

「心ノ臓が急に……。お医者さんが駆け付けたときはもうだめだったんだよ」

おかみさんが口にした。

「常七さん、心ノ臓が悪いってこと、一言も口にしなかった。今から思うと、最近、仕事をしていてすぐ休もうと言うようになっていた。きっと苦しかったんだ。もっと俺が気を遣《つか》ってやっていれば……」

八十吉は自分を責めた。

「でも、これで常七さんもおせいさんのそばに行けるわ」

おかみさんが言った。

「おせいさんって常七さんの？」

「ええ、三年前に亡くなったおかみさん。常七さんはおせいさんが亡くなったあと、俺もあとを追いたいと泣いていたの」

「常七さんが？」

「ええ、苦労ばかりさせて、すまなかったって亡骸にしがみついていた。その後、なんとか立ち直って元気になっていたというのに」

「そうでしたか」

「ちょっといいかしら。大家さんのところに行って、これからの相談を」

おかみさんが言う。

「あっしがそばについています。どうぞ」

八十吉はひとりになると、改めて涙が込み上げてきた。

「八十吉、悪い誘いに乗るんじゃねえぜ」

常七の声が聞こえたような気がした。

三

翌日の早朝、剣一郎は編笠をかぶって八丁堀の屋敷を出た。

日本橋《にほんばし》を渡り、室町《むろまち》、本町、須田町《すだちょう》を経て昌平橋《しょうへいばし》を渡って本郷通りに入った。

すっかり冬めいていたが、きょうはよく晴れて暖かい日になりそうだった。加《か》賀前田《がまえだ》家の上屋敷の前の角を折れ、本郷菊坂台町《きくさかだいまち》に入る。

やがて、剣一郎は小石川片町にある水沢辰之進の屋敷に着いた。

門の前で、中から出てきた老武士とすれ違った。暗い表情で、その手に数珠《じゅず》が握られていた。

「もし」

剣一郎は老武士を呼び止めた。

老武士はおもむろに振り返った。供がいないのは屋敷が近いのかもしれない。

「水沢家で何か不幸が？」

剣一郎は胸騒ぎを覚えていた。

「辰之進どのが亡くなったのだ」

老武士はぽつりと言った。

「亡くなった？　どうしてですか」

「昨夜、急に発作が起きて、そのまま帰らぬひととなったようだ」

そう言い、老武士は去っていった。

剣一郎は愕然《がくぜん》としたが、すぐ気を取り直して門を入った。

玄関には若党らしき男がいて、弔問《ちょうもん》客を受け入れていた。

「私は南町奉行所与力の青柳剣一郎と申す」

剣一郎が名乗ると、若党はあわてて奥に引っ込み、三十二、三と思える侍を連れて戻ってきた。

「私は辰之進の弟の辰次郎《たつじろう》です」

「南町与力の……」

「どうして、南町が乗り込んでくるのです」

辰次郎は声を震わせた。

「私は辰之進どのにお話をおききしたくて参上したのです。そしたら、このような事態になっていて、驚いている次第です」

「兄の死を知ってのことでは？」

「今、門のところで出会った方から、発作により急死したと聞いただけです。でも、病死ではありませんね」

「………」

「そのことを問題にしているのではありません。あなたから話を聞かせていただけませんか」

「わかりました。どうぞ」

辰次郎は客間に案内しようとした。

「その前に、お線香を」

剣一郎は頼んだ。

辰次郎の案内で、亡骸が安置されている部屋に行った。線香の煙が上がっていた。

北枕に寝かされた亡骸の顔には白い布がかけられていた。

剣一郎は合掌《がっしょう》し、線香を上げた。

挨拶《あいさつ》しようとしたが、妻女はいなかった。

昨夜寝ていないので、ついさっき寝間に入ったということだった。

剣一郎は辰次郎に連れられ、客間に移った。

「改めてお伺いします。病死ではありませんね」

「ほんとうに奉行所が動くわけではないのですね」

「奉行所はこのことを知りません」

安心したように、辰次郎は頷《うなず》いた。

「状況を教えていただけますか」

剣一郎は言った。

「昨夜、兄は波多野さまに呼ばれ、五つ（午後八時）にお屋敷を出たらしいのです。波多野さまが念のためにと警護の武士をつけてくださり、帰宅したそうです」

辰次郎は息継ぎをし、

「この屋敷の前で警護の侍と別れ、門を入ろうとしたとき、兄は背中を斬られ、さらに振り向いたところを袈裟懸けで……」

辰次郎は言葉を詰まらせた。

「そのとき、警護の侍は？」

「少し離れたところで、叫び声を聞いて振り向き、すぐに門のほうへ向かったらしいのですが、賊《ぞく》は逃げていってしまったそうです。その方がすぐ屋敷に知らせてくれ、屋敷に運び込んで医者を呼んだのですが間もなく……」

「その警護の侍は波多野さまのご家来なのですね。お名前は？」

「柏木啓次郎《かしわぎけいじろう》どのです」

「柏木どのは賊を見たのですね」

「はい。でも、暗がりの上に黒い布で頬《ほ》っ被《かぶ》りをしていたので、顔は見ていなかったそうです。ただ、浪人のようだったと」

「浪人だとはわかったのですか」

「そう仰《おつしや》っていました」

辰次郎は溜め息をついた。

「下手人に心当たりはありますか」

「いえ」

「半月ほど前に、牧友太郎どのが同じように闇討ちに遭っています」

「はい」

「同じ下手人だと思いませんか」

「そうかもしれません。ですが、なぜ、兄が殺されなければならなかったのか、その理由はわかりません」

「辰之進どのの朋輩《ほうばい》だった高山俊二郎という男を知りませんか」

「いえ」

「十年前まで、勘定奉行勝手方の役人として働いていた男です」

「私は十年前はまだ年若く、勘定方のことは聞いていません」

「そうですか」

「義姉なら何か聞いているかもしれませんが、今はとうてい話が出来る状態ではないのです」

「そうですか。お子さんは？」

「男の子がおります」

「では、御家は？」

「はい。ただ、兄は刀を抜くことなく斬られました。名誉のために病死にしようと」

「どなたがそれを？」

「柏木どのです。牧友太郎さまの件もあり、病死として届けたほうがいいのではないかと」

「しかし、体面は保たれても、憎き賊を見逃すことになりますが」

「波多野さまが必ず下手人を捕まえ、仇《かたき》をとると」

「なるほど」

そういうことかと、剣一郎は合点《がてん》した。

「そろそろ、よろしいでしょうか。弔問客がいらっしゃっているようなので」

「これは失礼しました」

剣一郎は礼を言って立ち上がった。

小石川片町をあとにして、本郷通りに入った。

水沢辰之進が殺されるとは……。波多野善行の不安が現実のものになった。やはり、高山俊二郎の復讐なのか。

そして、高野俊太郎は高山俊二郎なのか。


その日の昼八つ（午後二時）前、八丁堀の屋敷に高野俊太郎がやって来た。

剣一郎は客間で、俊太郎と差し向かいになった。

「わざわざ呼び出して、申し訳ない」

剣一郎は謝した。

「いえ。私も青柳さまとお話を出来るのは楽しみなので」

俊太郎の目が鈍く光った。

この男も何かを探ろうとしてやって来たのだということはわかっていた。剣一郎はさりげなくきいた。

「昨夜はどこぞに出かけていたのか」

「ちょっとしたことで」

俊太郎は曖昧《あいまい》に言う。

「気になっていることがあってな」

剣一郎は切りだした。

「高野どののような方がどうして浪々の身になったのか、わしには納得がいかないのだが、そのへんのことを教えていただけるとありがたい」

「申し訳ありません。今さら私ごときが話して何になりましょう。おそらく巷間《こうかん》に伝わる話と違いましょう。さらにそこに踏み込まれていくことになっては、関わりのあったひとたちに迷惑が及ぶかもしれませんので」

俊太郎は言葉づかいは丁寧《ていねい》だが、剣一郎の要求をきっぱりと断った。

「すると、高野どのが禄《ろく》を離れた背景には、何らかの対立があったということだな」

「………」

「どうなのか」

「そうです」

「しかし、浪々の身になりながらも、そなたは身を律して生きているようだ。何か志《こころざし》があってのことか？ いつか、再び仕官の誘いがくることを期待しているとか」

「私は仕官など望んでおりません。天命に従い、生きていくのみ」

「そなたが武士をやめた背景に、何らかの対立があったということを前提に話を進めてみよう。確かにそなたは昔のことを蒸し返さないと決め、それを実践しているようだが、相手方はどうだ？」

「相手方？」

「そうだ。対立していた相手方のほうは、そなたの思惑《おもわく》とは別に、そのことで今になって思わぬ事態になっていたとしたら？」

「………」

「高野どの。どうであろうか。昔、何があったのか、話してはもらえぬか」

「いえ、先ほども申しましたように、私が話すことが事実かどうかはどなたも判断は出来ません。したがいまして、無駄だと」

俊太郎はあくまでも話すことを拒んだ。

「そうか」

剣一郎はしばらく考えた末に、

「じつは、先日わしは小普請組支配の波多野善行さまからあることを頼まれた」

「波多野……」

俊太郎の顔色が変わった。

「波多野さまをご存じか」

剣一郎は俊太郎の変化を見逃さずにきいた。

「……いえ」

返事まで間があった。

「そうか」

剣一郎は頷き、

「波多野さまの頼みは、元直参の高山俊二郎という男を捜してもらいたいということであった」

「………」

「高山俊二郎という名に心当たりはないか」

剣一郎は迫るようにきく。

「いえ」

「なぜ、波多野さまは高山俊二郎という男を捜してもらいたいと言ったのか」

剣一郎は間をとった。

焦《じ》れたかのように、俊太郎の眉が微《かす》かに動いた。

「やめておこう。関係ない話をしても仕方ない」

剣一郎はあえて言った。

「お話しください」

俊太郎は毅然《きぜん》とした態度で促《うなが》した。

「私に似た名前の男のことです。それに、青柳さまがその話を持ちだされたのは、私が高山俊二郎ではないかと思ってのことではないかと推察いたします」

「そのとおりだ」

「私が高山かどうか、その者のかつての朋輩を連れてくればすぐわかりましょう」

「さよう。だが、わしは仮にそなたが高山どのだとしても、波多野さまに伝えるつもりはない」

「なぜでしょうか」

「波多野さまの依頼が腑《ふ》に落ちないのでな」

「腑に落ちない？」

「依頼は、秘密裏に捜せというもの。その理由を話されたが、一方的な話を聞いただけでは納得しかねる。高山どのの話を聞かなければならぬ」

「………」

俊太郎は押し黙った。

「そなたが高山どのかどうかわからぬが、波多野さまが捜すきっかけになったことをお話しいたそう」

剣一郎は俊太郎の顔を見つめ、

「半月ほど前、勘定奉行勝手方の牧友太郎という者が本郷の自分の屋敷の近くで闇討ちに遭ったそうだ」

「………」

「牧どのは絶命した」

「なんと」

俊太郎は眉根を寄せた。その驚きが芝居かどうか、判断はつきかねた。

「波多野さまは牧どのの死を、高山どのの復讐だと考えたようだ」

「復讐？」

「十年前、勘定奉行勝手方の役人だった牧友太郎どのと水沢辰之進どのは、支配勘定だった高山どのが不正を働いたのを知り、当時勘定組頭だった波多野さまに訴え出た。その結果、高山どのは勘定勝手方を辞めさせられて小普請組に入れられた。ところが、高山どのはそこでも不始末をしでかしたため、御家は断絶、士籍剥奪となり、江戸を離れた」

「………」

「それから七年、江戸に舞い戻った高山どのは逆恨みから、まず牧どのを殺した。それで、波多野さまは、わしに高山どのを捜してほしいと依頼をしたのだ」

「………」

「この話にはいくつか解《げ》せないことがある」

「解せない？」

「まず復讐について。十年前の恨みを今晴らすのはなぜか。それも逆恨みではないか。それに復讐だとしたら、闇討ちではなく、顔を晒《さら》して恨みをぶつけて討ったほうが、気は晴れるのではないか」

剣一郎はさらに続けた。

「さらに波多野さまは復讐は自身にも及ぶと考えている。以上の話、素直に納得できようか。出来れば、高山どのからも事情を聞きたいのだ」

「………」

「波多野さまは、士籍剥奪された高山どのは江戸を離れ、最近になって復讐のために江戸に帰ってきたと言っていたが、わしは別の理由があるのではないかと思っている」

「それは？」

俊太郎は警戒ぎみにきいた。

「高山どのには妻子がいたそうだ。小普請組に編入されたとき、妻女は一歳の男の子を連れて高山家を去ったらしい」

「………」

「子どもは十歳、いや十一歳か。子どものことが気がかりで戻ってきたのではないか。いや、これはわしの勝手な憶測に過ぎぬ」

剣一郎はしんみりとし、

「子どもに会いたい気持ちはよくわかる」

「………」

「よけいなことを話した」

剣一郎は言ってから、

「そうそう、言い忘れたが、昨夜、水沢どのが殺された」

俊太郎は目を見開いた。

「高野どの。もし、どこぞで高山どのに会うようなことがあったら、わしがぜひ会いたがっていたと伝えてもらいたいのだが」

「わかりました」

俊太郎ははっきりと答えたあと、

「青柳さま。そろそろ私はお暇《いとま》を」

と、口にした。

「そうか。もっと話をしたかったのだが」

剣一郎は残念そうに言い、

「また、この件で何かわかったら、知らせに行く」

と、告げた。

曖昧な笑みだけが返ってきた。

俊太郎を見送って、剣一郎は居間に戻った。

俊太郎は果たして高山俊二郎かどうか。高山俊二郎を知る者に首実検《くびじっけん》をさせれば即座に解決する問題だ。

だが、波多野善行には頼めないと思った。まだ、波多野に俊太郎の存在を知られたくないこと以上に、何か隠し事をしているような波多野の言葉を素直に信じられないからだ。剣一郎は俊太郎が高山俊二郎だと確信した。

その夜、剣一郎は屋敷で太助に、

「調べてもらいたいことがある」

と、切りだした。

「はい」

太助はうれしそうに身を乗り出す。剣一郎の役に立つことがうれしいのだ。

「七年前、高山俊二郎という小普請組の侍が本所南割下水の屋敷に岡場所の女を引き入れ騒いでいた。そのことで、高山俊二郎は士籍を剝奪され、御家は断絶した。この高山俊二郎の振る舞いについて調べてもらいたい」

「わかりました」

太助は答えたあとで、少し妙な顔をした。

「どうした?」

「いえね。高山俊二郎って聞いて、高野俊太郎さまを思いだしたんです。名が似ていますから」

「じつは、同一人物ではないかと思っている」

剣一郎は事情を話した。

「でも、屋敷に岡場所の女を連れ込むなんて、ずいぶんと堕落した直参じゃありませんか。高野俊太郎さまとは全然違いますぜ」

太助が異を唱えた。

「うむ。だから、岡場所の女の件がどこまでほんとうか知りたいのだ」

「そうですね。気になります。さっそく調べてみます」

「太助さん、いらっしゃい」

多恵がやって来た。

「猫を捜していて遅くなりました」

「見つかったの？」

「ええ、やっと」

「じゃあ、夕餉はまだなんでしょう？」

「へえ。でも、遅いですし。帰れば冷や飯が残っていますから」

「何を言っているんですか。さあ、来なさい」

多恵は急《せ》かす。

「太助、食ってこい。さっきから腹の虫が鳴いているぞ」

「えっ」

太助はあわてて自分の腹を押さえた。

太助が台所に行ったあと、剣一郎は考えた。確かに屋敷に岡場所の女を連れ込んだ高山俊二郎と、自分を律しているような高野俊太郎は同じ人物とは思えない。しかし、この七年間で改心したとも考えられる。

いずれにしろ、高野俊太郎のことを調べてからだと思った。

四

三日後、八十吉ははじめて別の男と組んで紙屑買いに出た。

しかし、常七のことが脳裏を離れず、いっしょに歩き回っても八十吉はどこか上《うわ》の空だった。

終《しま》いには相手の男は厭味《いやみ》を口にした。

「俺たちは相性が悪いようだ。おめえとは組めねえ」

夕方、『あずみ屋』に帰ると、相棒の男は番頭に八十吉とは組みたくないと申し出た。たった一日で何がわかるのだと、番頭に説き伏せられていたが、八十吉はもうどうでもよくなって『あずみ屋』を出た。

いつもの居酒屋『赤鬼屋』の縄暖簾をかきわけ、小上がりに腰を下ろす。

酒が運ばれてきて手酌で呑みはじめた。

常七の一生はなんだったのか。お店奉公をやめたあと、悪い仲間に入った。それをおかみさんになる女と出会い、心を改めて堅気になった。だが、仕事は荷役人足しかなく、おかみさんに苦労をかけ通しだったという。怪我をしたあと、荷役人足も出来なくなって紙屑買いになった。おかみさんと出会い、所帯を持ってふたりで生きていたことは、常七にとってこの上ない仕合わせだったのだろうが、貧しい暮らしからは抜け出せなかったのだ。

常七の生きざまは俺に重なると、八十吉は思った。

何度も酌を繰り返していたが、徳利《とっくり》が空になって、追加を頼んだ。そのとき、湯呑みを持ってくるように言った。

今日はなかなか酔わなかった。酒と湯呑みが届いてから、八十吉は湯呑みで酒を呷《あお》るように呑んだ。

俺にはこの先も常七と同じような人生が待っているだけだろう。いや、常七はおかみさんに巡り合ったことで生きがいを感じていたにちがいない。

だが、俺はそうはいかない。

今日もまた目の前に翳が射した。軍次と又蔵だ。

「相棒が亡くなったそうだな」

軍次が声をかけた。

「…………」

八十吉は黙って俯く。

「常七って男も、昔は大店に奉公していたそうじゃねえか。大店を辞めたあと、結局あんな暮らししか出来なかった。どうでえ、常七の境遇はまるでおめえの将来を見ているようだと思わねえか」

軍次と又蔵の誘いに乗るなという常七の言葉が蘇ったが、すぐに消えていった。

「ひとつ大きなことをやって、それから自分のこれから先のことを考えたらどうだ？」

「どういうことだ？」

八十吉はつい軍次の話に乗ってしまった。

「金があればなんでも出来る。今のままで自分の行く末を考えても悲観するようなことしか描けまい。だが、金を手に入れてから考えたらどうだ？　あれをしよう、これもしたいと夢が広がるはずだ」

「そんな簡単に大金が手に入るわけはねえ。悪いことをしない限りはな。俺は悪いことなどしねえ」

　八十吉はきっぱりと言う。

「それはいい心がけだ」

　又蔵が薄い眉を寄せて冷笑を浮かべ、

「だがな、俺たちの話を聞けば、気持ちは変わるぜ」

「…………」

　八十吉はなぜかその言葉を撥《は》ねつけることが出来なかった。

　手に職があるわけではない。力仕事が出来る体力もない。行商で生計を立てるしかない。だが、この先、死ぬまで行商を続けていくのか。

「話を聞く気になったか」

　軍次が顔を近づけてきいた。

　八十吉は黙って頷く。

「よし。ここじゃ話は出来ねえ。あとで長屋に行く」

「長屋を知っているのか」

「ああ、おめえのことはなんでも知っている」

そう言い、軍次は立ち上がった。

「後悔はさせねえよ」

又蔵も声をかけ、軍次といっしょに出ていった。

ふと、こめかみに視線を感じて、八十吉は顔を向けた。浪人が酒を呑んでいた。八十吉は軽く頭を下げた。

隣に住む高野俊太郎だった。まだ三十半ばぐらいだが、傘張りの内職をして糊口《ここう》をしのいでいる浪人だ。

最初から浪人だったわけではあるまい。どんな理由があって浪人になったのかわからないが、何事もなければもっと違った生き方をしていたに違いない。

八十吉は残った酒を呑み干し、最後に茶漬けを食べて店を出た。


しばらく穏やかな暖かい日が続いたが、今夜は風が冷たく、心の中まで冷気が入り込んできた。

いなくなって、はじめて自分がいかに常七を頼りにしていたかに八十吉は気づいた。

長屋木戸を入り、自分の部屋の前に立った。戸が微かに開いていた。八十吉は戸に手をかけた。

暗い中に、赤い火の玉が浮かんでいた。煙草の火だ。

「待たせてもらったぜ」

軍次が煙管を片手に言う。

八十吉は黙って部屋に上がり、行灯《あんどん》に灯を入れた。仄《ほの》かな明かりが軍次と又蔵の姿を浮かび上がらせた。

「まさか、ほんとうに来るとは……」

八十吉は呟く。

「せっかくおめえがその気になったんだ。早いほうがいいからな」

軍次は鋭い顔で言う。

「待ってくれ」

八十吉はあわてて、

「まだ仲間になるとは言ってない。話を聞いてからだ」

と、口をはさんだ。

「おいおい、この期に及んで」

又蔵が顔をしかめた。

「まあいい」

軍次は鷹揚《おうよう》に言い、

「話を聞けば、必ず俺たちの仲間に加わるはずだ」

と、自信たっぷりに言う。

八十吉は上がり框に腰を下ろしたふたりを交互に見て、

「で、何をやろうっていうんだ」

と、きいた。

「たった一度だけ、大きなことをする。それで得た金で、ちゃんとした商売をやるのだ。おめえなら自分の店を持つのもいいだろう」

「どうやら危ない仕事のようだな」

八十吉は警戒ぎみにきく。

「ああ。だが、おめえが仲間になれば怖くはねえ」

「何を？」

「盗みだ」

微かに恐れていたことを、軍次は口にした。

「さっきも言ったはずだぜ。金を稼ぐために、俺は悪いことはしないと」

「狙《ねら》いは『田所屋』だ」

「『田所屋』？」

八十吉は目を剝《む》いた。

「狙いは『田所屋』の土蔵に眠る金だ。その中から二千両奪う」

「待ってくれ。だから俺なのか」

「そうだ。何か商売をはじめる元手も出来、その上おめえは恨みを晴らすことも出来る。こんないい話はあるまいよ」

「冗談じゃない。そんな真似《まね》は出来やしねえ」

「なぜだ？」

軍次の顔が厳しくなった。

「いいか。『田所屋』は何の罪もねえおめえを、紙屑のように放り出したんだぜ」

「…………」

「順調にいけば、おめえが『田所屋』の娘の婿になって、今頃は若旦那と呼ばれる身分になっていたんだ。それが、娘の心変わりで追い出される羽目になったんじゃねえか」

「いけねえのは丹次郎だ。自分が入り婿になりたいために、お幸って女を使って俺をはめたんだ。お節さんは嘘を真に受け……」

「俺が聞いているのとは違うぜ」

軍次が口元を歪め、

「お節が『三村屋』の丹次郎に心が移った。丹次郎も婿に入りたいので、ふたりで企《たくら》んだってことだ」

「…………」

「しかも、『田所屋』の主人はお幸が嘘をついていることを承知していて、おめえを責めたのだ」

「…………」

「おめえだって、薄々は気づいていたんじゃないのか」

八十吉は拳をきつく握りしめた。

「『田所屋』の主人はおめえを騙《だま》して追い払った。だから、仕返しをされるかもしれないと、岡っ引きの甚助に頼んでおめえを見張らせていたんだ。おめえが何かをしでかすとずっと疑っていたってことだ」

「ずいぶん虚仮《こけ》にされたもんだ」

又蔵が脇から口を入れた。

「『田所屋』の主人にとっちゃ、おめえはいつ牙を剝いて向かってくるかもしれない獰猛《どうもう》な野獣みたいなものだ」

「今、『田所屋』は繁盛しているようだ。『田所屋』の主人はおめえから丹次郎に乗り換えて正解だったと喜んでいるんじゃないのか」

軍次が続け、

「おめえを罠にはめて追い出した丹次郎がいい思いをする一方、おめえは紙屑買いで細々と暮らしていく。こんな理不尽なことってあるか」

と、八十吉のかわりに怒りをぶつけた。

「ほんとうなら、おめえはこんな薄汚い長屋でくすぶっているはずじゃなかったんだ。『田所屋』の若旦那として奉公人や客から崇《あが》め奉《たてまつ》られる存在になるはずだったんだ。そこから金を奪い、新しく生きるための元手にしたって、決して罰は当たらない。そうは思えねえか」

「…………」

「それに、おめえを『田所屋』から追い出すなら、それなりに埋め合わせをするのが当たり前だ。小さくてもいい。店の一軒でも持てるぐらいの金を寄越すべきだったんだ。それもしねえで」

軍次は吐《は》き捨てた。

八十吉は手の指先まで震えていた。

このままじゃ俺も常七と同じような人生を歩むだけだ。生きることに希望を持ちたい。だが、今の暮らしではそれは叶わない。

「まあ、一晩よく考えるんだ。明日、返事を聞きにくる。たった一度の人生だ。おもしろおかしく生きなきゃな」

軍次は立ち上がった。

「そうそう、最近、岡っ引きの甚助は現われねえだろう。あれから半年経《た》って、『田所屋』の主人もようやくおめえが何もしないようだと思いはじめたに違いねえ。だから、好機なんだ。じゃあ、また来る」

軍次と又蔵は土間を出ていった。

部屋は静かになった。隣で物音がした。高野俊太郎という浪人の部屋からだ。帰ってきているようだ。いつから帰っていたのか。

八十吉は溜め息をついた。軍次の話はとんでもないことだった。『田所屋』から二千両を盗むという。

しかし、軍次と又蔵の言うとおりだと思いはじめている。勘十郎は一度はお節の婿になることを認めておきながら覆《くつがえ》し、罠にはめて店から追い出した。本来なら、償い金をもらうのが当たり前だ。

その償い金をもらうのだと思えば、『田所屋』から金を盗むことに抵抗はない。

自分の殻を破り、新しい生き方を求めるなら、軍次と又蔵の誘いに乗ってみるべきだ。常七が生きていたら、こんなことは考えなかったかもしれないが……。

その夜、夢に常七が出てきた。しきりに何かを訴えかけていたのは、軍次と又蔵の誘いに乗るなということだろう。

だが、別の夢も見た。紙屑買いの老人が町中で倒れて息を引き取った。その老人の顔を見て、八十吉は絶叫した。まさしく自分の顔だった。

今のままなら、自分はこの夢のような末路を迎えるに違いない。


いつしか寝入って、路地から聞こえる人声で目を覚ました。天窓から明かりが射していて、寝過ごしたことがわかった。

いつもなら急いで起きて、紙問屋の『あずみ屋』に走っていくところだが、常七はもういないのだ。気の合わない相手と組んでの行商も辛いものがある。

気が進まないまま出かける支度をしていると、腰高障子が開いて、軍次と又蔵が入ってきた。

「返事を聞きに来た」

何の挨拶もなく、軍次はいきなりきいた。

「まさか、こんな朝早く来るとは思わなかった」

八十吉は困惑して答える。

「一晩考えただろう。じつは、政兄《まさあに》いが会いたがっているんだ」

「政兄い？」

八十吉はきいた。

「話していなかったか。俺たちの兄貴分だ。おめえに最初に目をつけたのも政五《まさご》郎《ろう》兄貴だったんだ」

「…………」

「もう紙屑買いなんてやめちまいな。俺たちといっしょに新しい生き方をはじめるんだ。そうだろう」

「ああ」

「そうだ。それでいいんだ」

　軍次は満足そうに頷き、

「政兄いに引き合わせる。昼ごろ、柳橋《やなぎばし》の袂《たもと》に来てくれないか」

「柳橋……。わかった」

「じゃあ、あとでな」

　軍次と又蔵は引き上げていった。

　が、すぐに戸が開いた。言い忘れたことがあって戻ってきたのかと戸口に目をやると、立っていたのは高野俊太郎という浪人だった。

「差し出がましいようだが、今のふたりは何者なのか」

　俊太郎がきいた。

「単なる知り合いです」

「ふたりとも堅気とは思えぬが？」

「ひとは見かけだけでは……。高野さま、あっしに何の用で？」

　八十吉が警戒するようにきいた。

「隣同士の誼《よしみ》で、そなたと少し話がしたいと思ってな」

「あっしとですか」

「どうやら、そなたも俺と似た境遇のような気がしてな。前々から、そなたのことが気になっていたのだ」

「わかりました。二、三日したらでいいですかえ。今日明日はちょっと」

「わかった。では、またあとで」

俊太郎は引き上げていった。


結局、『あずみ屋』の古紙の集積場には行かなかった。

そして、昼近くになって、八十吉は両国広小路《りょうごくひろこうじ》を横断し、柳橋の袂にやって来た。大川《おおかわ》からの冷たい風が顔に当たる。神田川の繫留《けいりゆう》場《じょう》に船宿の屋根船や猪牙船《ちょきぶね》がもやってある。

柳橋を渡って、軍次が近づいてきた。

「八十吉、こっちだ」

軍次は呼びかけて、来た道を引き返した。八十吉は後に従った。

軍次は船宿の土間に入って行った。軍次が女将《おかみ》らしい女に声をかけ、階段を上がった。

二階の部屋に入ると、三十半ばと思える目つきの鋭い男が窓を背に座っていた。その前に、又蔵がいた。

「政兄い、八十吉です。政兄いだ」

軍次が八十吉に言う。

「八十吉です」

八十吉は腰を下ろして挨拶する。

「政五郎だ。よく来てくれた」

政五郎はにこやかに言う。

「こちらこそ、よろしくお願いいたします」

八十吉が応じたあと、女の声がして襖が開き、女中が酒を運んできた。

女中が八十吉と政五郎の猪口《ちょこ》に酌をして引き上げた。軍次と又蔵は自分で酒を注ぎ、政五郎が口を開くのを待った。

「じゃあ、八十吉が我らの仲間に入ったのを祝して」

政五郎が上機嫌で言う。勝手に決められて不快に思ったが、反発することも出来ずに八十吉は政五郎に合わせた。

「じつはな、俺はある男から『田所屋』でのおめえへの仕打ちを聞いたんだ。『田所屋』の主人と娘のやり方に義憤を覚えてな。いつかおめえに手を貸して、

『田所屋』を懲《こ》らしめてやりたいと思っていたんだ。ところが」

政五郎は言葉を切って間をとり、

「おめえのそばにいつも岡っ引きの甚助が張りついていた。これじゃ何も出来ねえと思っていたところ、甚助の見張りが終わったことを知ったのだ。それで、動き出したってわけだ」

政五郎は大仰に顔をしかめ、

「それにしても、『田所屋』のおめえに対する仕打ちは傍《はた》から見てもえげつないと思うぜ。おめえは半年もの間、よくじっと耐えてきたと感心した」

「へえ、恐れ入ります」

「八十吉よ。おめえはこのままじゃ、生涯負け犬のままで終わってしまうぜ。それを乗り越えるには『田所屋』に仕返しをするしかねえんだ」

「仰るとおりで」

八十吉は政五郎に誘導されるように答えた。

「八十吉がどんなに悔しい思いをしたか、想像できる。俺たちといっしょにその恨みを晴らそうじゃねえか」

「へえ、ありがとうございます」

「恨みを晴らすといっても、八十吉が当然受け取ってしかるべき償い金を取り上げるだけだ。その金を元手に、小さな店からはじめて大きくしていくんだ。そして、いつか『田所屋』に太刀打《たちう》ちできるぐらいの大店にするのだ」

「店を大きく……」

「そうだ。いつか見返してやるんだ。おめえなら出来る」

政五郎の話を聞いていて、ほんとうにそれが夢ではないような気がしてきた。

五

その日の夕方、剣一郎は小川町にある小普請組支配波多野善行の屋敷を訪れ、客間で波多野と差し向かいになった。

「水沢辰之進どのも殺されました」

剣一郎は切りだした。

「わしの屋敷から引き上げたあとだった。念のために警護の者をつけたのだが……」

波多野は無念そうに言う。

「警護は柏木啓次郎どのとか」

「そうだ。剣の腕が立つ」

「あとで柏木どのにお話を伺いたいのですが」

「いいだろう」

「ところで、牧友太郎どのに引き続き、水沢辰之進どのまで殺されました。やはり、高山どのの仕業とお考えでしょうか」

「それしか考えられぬ」

波多野は深刻そうに顔を歪め、

「ふたりともひとから恨まれるような男ではない。高山の仕業としか考えられぬ」

「ですが、どうしても十年後の復讐に引っ掛かるのです」

「しかし、高山が江戸に戻っていることは間違いない。見た者がいるのだ」

「高山どのには子どもがいたそうですね。今は十歳か十一歳。子どものことが気がかりで戻ってきたとは考えられませんか」

「………」

波多野は少し考えていたが、

「ほんとうのことは高山から聞くしかない。ともかく、高山俊二郎を捜し出してからだ」

と、いらだったように言った。

「わかりました」

剣一郎は頭を下げてから、

「高山俊二郎の妻女はいまどちらにいらっしゃるかおわかりでしょうか」

「実家に帰ったはずだが……。その後のことはわからん」

波多野は首を横に振った。

「では、あとは柏木啓次郎から話を聞け」

「はっ」

波多野は立ち上がって客間を出ていった。

しばらくして、「失礼します」と声がして、襖が開いた。

細身の侍が入ってきた。眼光鋭く、鼻が高く、顎が尖《とが》っていた。二十七、八歳か。

「柏木啓次郎でござる」

啓次郎は挨拶をした。

「南町与力青柳剣一郎です。少し、お話を伺いたい」

「なんなりと」

「まず、水沢辰之進どのをお屋敷まで送っていったときのことです。柏木どのはどこまでお見送りをなさったのですか」

「そのことですが」

啓次郎は無念そうな顔で、

「お屋敷の門が見えてきたとき、水沢さまがここで結構と仰ったのです。私は門を入るまでお見送りするつもりでしたが」

「なぜ、水沢どのは？」

「門の近くなので安心したのでしょう」

「しかし、牧友太郎どのは門の前で襲われたのでは？」

「周辺にも怪しい人影はなく、安心したのかもしれません。いえ、私も安心して踵《きびす》を返しました。それからほどなく背後で叫び声が」

啓次郎は顔をしかめ、

「振り向くと、黒い布で頬っ被りをしていた侍が水沢さまに襲いかかっていました」

「賊はどこかに隠れていたのですね」

「はい、迂闊《うかつ》でした。もう少し警戒をしていれば。あとで、殿からも叱責を受けました。お役目を果たせなかったことで、私も責任を感じています」

「あなたは、病死にするよう家人に勧めたそうですね」

「はい」

　啓次郎は言い訳のように、

「水沢さまの死があまりにもあっけなさ過ぎたからです。刀を抜いて少しでも抵抗していたら、すぐ私が駆け付けたのですから、命まで奪われることはなかったはずです。水沢さまの最期は武士としていかがなものかと思い、牧友太郎さまの例に倣《なら》って、病死にすることを勧めました」

「なるほど」

　剣一郎は頷き、

「賊について何か気づかれたことはありませんか」

「浪人のようで、背格好は私ぐらいでした」

　高野俊太郎も同じような体つきだ。

「あなたは、高山俊二郎というひとをご存じですか」

「いえ、知りません。殿から、高山俊二郎の復讐かもしれないと伺っただけです」

「十年前に何があったかはお聞きに？」

「はい、お話は聞きました」

「波多野さまは次に狙われるのは自分だと思われているようですね」

「そうです」

「あなたはどう思いますか」

「どうと仰いますと？」

「高山どのが十年前のことを根に持って、今になって復讐に走るかということです」

「わかりません。ですが、現実にふたり殺されていますし、次に狙われるのは殿かもしれないと思うのは頷けます」

啓次郎は厳しい顔で言い、

「詳しい事情はわかりませんが、殿をお守りするのが私の役目」

と、覚悟を見せた。

「柏木どのはどういうご縁で、波多野さまのご家来に？」

「私の父は御徒衆《おかちしゆう》です。兄が家を継ぎましたが、部屋住みの私にはいい養子先はなく、波多野さまが家来を募っているというので志願して」

「もう長いのですか」

「五年です。最近になってやっと波多野さまの信頼を勝ち得てきた矢先に失態を演じてしまいました」

口惜しそうに顔を下げた。

「もう、よろしいでしょうか」

啓次郎はいきなりきいた。

「どうも長居をしてしまいました」

剣一郎は気づいたように言い、波多野善行の屋敷をあとにした。


翌日の朝、剣一郎は髪結いに髭《ひげ》を当たってもらった。その間に、太助が庭先に来ていた。

髪結いが引き上げてから、剣一郎は太助に声をかけた。

太助は濡縁《ぬれえん》を上がって部屋に入り、剣一郎の前に腰を下ろした。

「ようやく、高山俊二郎の屋敷で中間をしていた益吉《ますきち》という男が見つかりました」

　太助はそのまま続ける。

「今は神田三河町《みかわちよう》三丁目にある『益田屋《ますだや》』という荒物屋の主人になっています」

「荒物屋の主人?」

「はい。中間を辞めたあと、荒物屋に奉公し、老夫婦から店を買い取ったそうです」

「なかなか遣《や》り手だったようだな」

「ええ。で、益吉が言うには、高山さまは小普請組に入れられたことを不満に思い、自暴自棄《じぼうじき》になって酒びたりの毎日で、そのうち、いかがわしい女を屋敷に連れ込むようになったということです」

「かなり荒れた暮らしだったようだな」

「屋敷に入れ替わり立ち替わり、違った女が泊まりに来ていたようです。当時、隣屋敷に住んでいた同じく小普請組の竜崎大三郎《りゆうざきだいざぶろう》どのが見るに見かねて何度か注意をしたそうですが、高山さまは聞く耳を持たなかったといいます」

　太助は一呼吸間をとり、

「やがて、高山さまの素行は組頭の知るところとなり、御家断絶、士籍剝奪の処分になったということです」

と、顔をしかめた。

「青柳さま。話を聞けば聞くほど、高野俊太郎さまとは別人のような気がしますが」

「うむ。竜崎大三郎どのにきけば詳しいことはわかるな。竜崎どのは今も本所南割下水に住んでいるのか」

「いえ。高山さまの騒ぎがあったあと、御番《ごばん》入りをしたそうです」

「御番入りか」

剣一郎は戸惑ったが、

「よし、これから益吉に会ってみよう」

と、立ち上がった。

半刻（一時間）後、剣一郎と太助は三河町三丁目にある荒物屋『益田屋』にやって来た。

間口二間ほどの小店で、若い男が店番をしていた。

太助が顔を出し、

「すまねえ、旦那を呼んでもらえねえか」

と、頼んだ。

「少々お待ちを」

若い男は奥に引っ込んだ。

すぐに三十半ばと思える男が出てきた。

「益吉さん、昨日はどうも。じつは青柳さまがお話を」

太助が言うと、益吉はあわてて、会釈をした。

「どうぞ、こちらに」

益吉は客間に通した。

向かい合ってから、剣一郎は切りだした。

「小普請組の高山俊二郎どのの中間だったそうだが」

「はい。そうです」

「屋敷に他には?」

「下男がひとり」

「なんという名だ?」

「忠助《ちゆうすけ》です」

「忠助とは今も付き合いはあるのか」

「いえ、ありません」

「高山俊二郎のことだが、小普請組にどうして編入されたか知っているか」

剣一郎は話を俊二郎のことに持っていった。

「確か、勘定奉行勝手方の役人だったときに不正を働いたからだと聞いたことがあります」

益吉はそのことを知っていた。

「本人が言っていたのか」

「いえ」

「誰から聞いたのか」

「隣屋敷の竜崎大三郎さまです」

剣一郎はきいた。

「竜崎大三郎どのと高山どのは親しかったのか」

「よく高山さまのところに遊びに来ていました」

「竜崎どのは御番入りをしたそうだな」

「はい」

「どうして、そのことを知っているのだ？」

「高山家が断絶になって半年ほどして、偶然町で竜崎さまの屋敷の中間に会ったのです。そのとき、聞きました」

益吉は答える。

「竜崎どのが本所を離れ、どこに引っ越したか知らないか」

「いえ」

「そうか、で、高山どのは最初からいかがわしい女を屋敷に連れ込んでいたのか」

「いえ、そうではありません。士籍剝奪となる半年前からです」

益吉はよどみなく答える。

「なぜ、そうなったのか、想像はつくか」

「寂《さび》しかったのでしょう」

「寂しかった？」

「高山さまは妻子と別れたようなことを仰っていましたから」

「自分で言っていたのか」

「はい」

「組頭に糾弾されたとき、高山どのは言い訳をしたか」

「いいえ」

「その後、高山どのがどこで何をしているか知らないか」

「知りません」

「噂を聞いたことは？」

「ありません」

「ちょっと見てもらいたい浪人がいるのだが」

「えっ」

益吉は顔色を変えた。

「ご勘弁ください。今さらお会いしたところで……」

「いや。遠くから顔を見てもらうだけだ。高山俊二郎かどうか」

「ならば、当人に確かめればすむことでは？」

「否定しているのだ」

「…………」

「迷惑はかけぬ」

「わかりました」

益吉は渋々のように承知をした。


その夜、太助が益吉を富沢町の長屋木戸まで連れてきた。

剣一郎はふたりに近づき、

「高野どのはさっき『赤鬼屋』という居酒屋に行った」

剣一郎はふたりと共に、浜町堀にかかる汐見橋の袂にある『赤鬼屋』に向かった。

緊張しているのか、益吉は口数が少なかった。

『赤鬼屋』の前にやって来たが、益吉は店の中を覗くことを拒んだ。

「もし顔を合わせてしまったら気まずいですから」

「では、出てくるのを待とう」

そう言い、堀端の暗がりに三人で移動した。

それから四半刻（三十分）後、『赤鬼屋』の戸が開き、縄暖簾から高野俊太郎が出てきた。

益吉は目を凝らしてじっと見つめた。

俊太郎は長屋のほうに帰っていく。

「どうだ？　高山俊二郎どのか」

剣一郎は確かめるようにきいた。

「いえ、違います。高山さまではありません」

益吉が否定した。

「なに、ほんとうか」

「はい。高山さまはふっくらとしていましたが、今の浪人さんは頬から顎にかけて……」

「あれから七年経っている。年を重ねたのと、痩《や》せたせいで印象が違って見えたのではないか」

「いえ、あの浪人は高山さまではありません」

益吉は言い切った。

剣一郎は釈然としない気持ちで、暗がりに消えていく高野俊太郎を見送った。

第三章　隠し子

一

屋根の上から射《さ》してくる弱々しい陽差《ひざ》しを受けながら、八十吉は三十間堀沿いにある柳の木の陰に立っていた。柳もすっかり葉を落としていた。

堀を眺めているふうを装《よそお》いながら、目は木綿《もめん》問屋『田所屋』の店先に向いていた。さっきから客の出入りは多い。相変わらず、店は繁盛しているようだ。

客が引き上げるたびに、手代が見送りに戸口まで出てくる。わずか半年前まで、八十吉もああやって客の背中に頭を下げたものだった。

空駕籠《からかご》がやって来た。店から、羽織を着た長身の男が出てきた。丹次郎だ。

丹次郎は、自分が口説いていた料理屋の女中お幸を使って八十吉を陥《おとしい》れた。

汚い野郎だと怒りが込み上げてきたが、主人の勘十郎も承知のことだったのだ。

丹次郎を見送るために番頭がついてきた。番頭の後ろに手代の亀吉がいた。

番頭や亀吉に見送られて、丹次郎は駕籠で出かけた。

番頭が先に店に入り、亀吉だけが外に残っていた。八十吉は素早く亀吉のところに駆け寄った。

「八十吉じゃないか」

亀吉が驚いたように言う。

「亀吉。夜でもどこかで会えないか」

「わかった。五つ半（午後九時）過ぎに、橋の袂《たもと》に出ている夜鳴き蕎麦《そば》の屋台に行く」

「五つ半だな。じゃあ」

八十吉は素早く亀吉の前から離れた。

それから、八十吉は店の脇の路地に入った。家族用の戸口がある。お節が出てくるとは思えないが、しばらく戸口が見える場所に立っていた。

それから、店の裏手にまわった。土蔵を目に入れ、裏口まで行った。

軍次と又蔵の兄貴分の政五郎は、昔の朋輩《ほうばい》に接してうまくまるめこんで裏口を開けさせるようにしろと言った。

押込みまがいのことをするのに抵抗はあったが、自分が受けた仕打ちを考えれば、二千両を出させるのは当然だと自分に言い聞かせた。

それから、八十吉はいったん長屋に戻った。

木戸口で高野俊太郎と会った。傘《かさ》問屋からの帰りか、骨組だけの傘を何本か抱えていた。

「珍《めずら》しいな。まだ明るいうちに帰ってくるなんて」

俊太郎が声をかけた。

「へえ」

「どうだ、これから『赤鬼屋』に付き合わないか」

「まだ、開いていないんじゃありませんか」

「いや、日が暮れる前から店を開けている。いいではないか、付き合え。今、これを置いてくる」

「わかりました」

八十吉は応じた。

俊太郎は傘を置いて戻ってきた。

「さあ、行こう」

俊太郎はさっさと歩きだした。

『赤鬼屋』は縄暖簾《なわのれん》がかかっていた。店にはまだ誰も客はいなかった。

「口開けですね」

八十吉は小上がりで俊太郎と向かい合って座った。

小女《こおんな》に酒を頼んでから、俊太郎は、

「じつは前々からそなたのことが気になっていたのだ」

「どうしてですかえ」

八十吉はきいた。

「そなた、ときたま夜中に大きな声でうなされている」

「聞こえてましたか」

「うむ。一度や二度じゃないからな」

「すみません」

「謝ることはない」

小女が酒を運んできた。

「何があったんだね。よかったら聞かせてくれないか」

「あっしの話なんか聞いても仕方ありませんよ」

八十吉は手酌《てじゃく》で酒をいっきに呷《あお》った。

「苦しそうな呑《の》み方だな」

俊太郎が眉根《まゆね》を寄せた。

「話したら、新しい何かが見えてくるかもしれない」

「高野さまこそ、どうして浪人をなさっているんですね。何があったんですか」

「不徳の致すところとしかいいようがない」

「それはなんなのですか」

「あることに巻き込まれて、その責任をとらされた」

俊太郎は自嘲《じちょう》ぎみに呟《つぶや》く。

「それで浪人に？」

「もっとうまく立ち回ればよかったのだろうが……」

俊太郎は苦しげな顔になった。

やはり、辛《つら》い過去があったのだと、八十吉は同情した。

「そうですか。あっしも罠《わな》にはめられてお店を辞《や》めさせられました」

「罠？」

「へえ、一時はお嬢さまの婿《むこ》になることが決まっていたんですが、他にもっと婿にふさわしい男が現われると……」

八十吉は声が喉《のど》に詰《つ》まった。

「新しく現われた男を婿にするために、あっしを貶《おとし》めて店から追い出したんです」

八十吉は具体的な話はせずに、大まかなことを話した。

「悔《くや》しかったろうな」

俊太郎はしみじみ言う。

「その後、お嬢さまは新しい男を婿にしました。あっしは紙屑《かみくず》のように捨てられたんです。生きる希望も奪われました。なんとかきょうまで生きてこられたのが不思議です」

「恨みを晴らそうとは思わなかったのか」

「………」

口を開きかけたが、八十吉は思い止《とど》まった。

「どうした？」

「そんな度胸もありませんでしたから」

八十吉は曖昧《あいまい》に答えた。今までは恨みを晴らすことなど考えたことはなかった。だが、政五郎が八十吉の気持ちを変えた。

いや、恨みを晴らすのではない。理不尽な仕打ちをした『田所屋』の勘十郎や丹次郎から、償い金を出してもらうだけだ。

「遊び人ふうのふたりの男はなにをしに長屋に?」

「たいしたことじゃありません」

「どんなに悔《くや》しい思いをしようが、自分を見失ってはだめだ。誘惑に負けてはならぬ」

「………」

八十吉は黙って猪口《ちょこ》を口に運んだ。

ふと顔を向けると、俊太郎が鋭い目を向けていた。

「八十吉」

「はい」

「俺は山茶花《さざんか》のようにありたいと思っている」

「山茶花?」

いきなり俊太郎が言いだしたので、八十吉は戸惑《とまど》った。

「冬になると咲きはじめる淡紅色の花だ。咲いたかと思うと、花はばらばらに散っていくが、また花をつける」

俊太郎はさらに付け加えた。

「冬の寒い中、山茶花は強く咲き誇っているのだ。今度、どこぞの庭ででも山茶花を見てみろ。美しいと思うはずだ」

「わかりました」

その後、とりとめのない話をし、最後にふたりとも茶漬けを食べて、『赤鬼屋』を出た。俺が誘ったのだからと、俊太郎が勘定を持ってくれた。

星が空一面に輝いていた。

「あっしはこれからひとと会うので」

「ひとと？」

俊太郎は眉根を寄せた。

「昔のお店の朋輩です。へんな相手じゃありません」

八十吉はなぜか言い訳をしていた。

「では」

八十吉は別れようとした。

「山茶花だ」

また、俊太郎が言った。

会釈をし、八十吉は木挽町に向かった。

三十間堀にかかる橋の袂に夜鳴き蕎麦の屋台が出ていた。屋台にふたりの客がいたが、亀吉はいなかった。

少し離れた暗がりに立ち、亀吉を待った。

川風が冷たい。日増しに寒さが強まってきた。いよいよ本格的な冬が到来する。

背後で足音がした。

「ここだったか」

振り返ると、亀吉がやって来ていた。

「出てきて、だいじょうぶか」

八十吉は心配してきいた。

「蕎麦を食ってくると言って、番頭さんの許しを得てきた」

亀吉は言ってから、

「今、どうしているのだ?」

と、きいた。

「紙屑買いをしていたが、今は辞めた」

「今は何を？」

「それより、『田所屋』のことを聞かせてくれないか。お節さんは元気か」

「元気だと思うけど、あまり顔を合わせないんで、よくわからないんだ」

「旦那さまは？」

「なんだか最近、いらついているようだ」

亀吉は眉根を寄せた。

「いらついている？　なぜだ？」

「わからない」

「商売のほうはうまくいっているのか」

「それは順調だ」

「丹次郎は？」

「元気だ」

「じゃ、うまくいっているんだな」

八十吉は嫉妬《しっと》混じりに言った。

「そうだと思うけど」

「にえきらない言い方だな」

「最近、若旦那の帰りが遅いんだ」

亀吉は渋い顔をした。

「遅い？」

「酔っぱらって帰ってくることが多い。新しい得意先を見つけようと接待をしているらしい。俺がいつも戸を開けてやるんだ」

亀吉は溜《た》め息をついて、

「だから、若旦那が帰ってくるまで眠れないんだ。ほとんど毎日だから参ってしまう」

「そうか。お店のために頑張っているのか」

八十吉は呟く。

「でも」

亀吉が顔をしかめた。

「でも、なんだ？」

「いや、悪口になっちまうからな」

「いいじゃねえか、俺はもう『田所屋』とは縁がねえんだ」

「そうだな。いつも帰ってくると、若旦那から白粉《おしろい》の匂《にお》いがするんだ」

「白粉？　女といっしょにいたってことか」

八十吉は確かめる。

「若旦那は料理屋で芸者を揚げて遊んでいるっていう噂《うわさ》がある」

「誰がそんなことを？」

「お客さんだ。深川門前仲町《もんぜんなかちょう》の料理屋で芸者を揚げて騒いでいるのを見たそうだ。それも接待だと言うんだろうけど」

「まさか、もう外に女をこしらえたってわけじゃないんだろうな」

「そんなことはないと思うけど」

「ほんとうに、お節さんとうまくいっているのだろうか」

八十吉は気になった。

「さあ、若旦那の様子は普段と変わらないけど」

「そうか」

お節と丹次郎がうまくいっていないかもしれないという話題になって、かえって話がしやすくなった。

「亀吉、頼みがあるんだ」

「なんだ」

「こっそりお節さんの様子を見てみたい。一度、夜に裏口から俺を中に引き入れてくれないか」

「屋敷の中に？」

「そうだ。お節さんの様子を遠くから見るだけだ。丹次郎がそんな調子ではお節さんのことが心配だ」

「今さら、おまえがお節さんを気にかけたところで、どうにもなるわけじゃないだろう」

「わかっている。だが、やっぱり気になるんだ」

「そういうもんかな」

亀吉は首をひねった。

「わかった。いつだ？　これからか」

「いや、後日だ。その日の昼間に連絡する」

「わかった」

亀吉は請《う》け合って、

「そろそろ帰らないと、番頭さんに叱られる」

と、店のほうを気にした。

「すまなかった」

「元気そうで安心した。じゃあ」

亀吉は踵《きびす》を返して引き上げた。

八十吉はしばらく闇《やみ》の中に沈む『田所屋』を見つめていた。複雑な感情が蘇《よみがえ》ってきたが、振り切って帰途についた。

二

翌日の朝、奉行所に出仕した剣一郎は宇野清左衛門に呼ばれた。

年番方の部屋に行き、清左衛門に声をかけた。

文机《ふづくえ》に向かっていた清左衛門が振り返った。

「青柳どの。高山俊二郎の妻女時江《ときえ》どのの実家がわかった。大御番頭与力の下村《しもむら》鉄太郎《てつたろう》どのだ。ただ、下村どのは隠居をし、今は息子が跡目を継いでいる」

清左衛門が話した。

「妻女は時江どのと仰《おつしや》るのですか。で、時江どのは実家に？」

「いや。五年前にある旗本の後添いになったらしい」

「再婚していましたか」

「波多野さまが妻女のことを言おうとしなかったのは、再婚した時江どのに迷惑をかけたくなかったからだそうだ」

「そうでしたか」

剣一郎は納得してから、

「時江どのに会うことは遠慮いたしましょう。その代わり、お父上に会ってみたいと思います」

と、口にした。

「うむ。それからお目付《めつけ》どのに確かめたところ、牧友太郎と水沢辰之進のふたりの件はいずれも病死として届けられたが、御徒目付《おかちめつけ》が下手人の探索を秘密裏《ひみつり》に行なっているそうだ」

「御徒目付は高山俊二郎のことは知らないのですね」

「波多野さまは告げていないようだ。あくまで、高山俊二郎の探索は青柳どのに任せたということだ」

「しかし、波多野さまは次の標的が自分だと思っているのです。警戒を厳重にしているでしょうが」

どうも波多野善行の考えに納得出来ないものがあった。その最たるものが十年後の復讐だ。

高山俊二郎の復讐だとしても、波多野は不正事件に関して何か隠していることがあるのではないか。

「何か腑《ふ》に落ちないことでも？」

清左衛門が訝《いぶか》しげにきいた。

「何か引っ掛かりますが、まだうまく説明出来ません」

「何か裏があると？」

清左衛門が顔色を変えた。

「わかりませんが、波多野さまは我らにすべてを語っていないように思えます」

「何かを隠している？」

「はい。もっとも、これも勘でしかありませんが」

剣一郎は言ってから、

「ともかく、時江どののお父上に会ってみます」

と、会釈して立ち上がった。

剣一郎は小石川富坂町《とみさかちょう》にある下村鉄太郎の屋敷を訪れ、高山俊二郎の妻女だった時江の父親、鉄太郎と客間で差し向かいになった。

鉄太郎は五十過ぎと思えた。

「そなたが青痣与力として名高い青柳どのでござるか」

剣一郎が名乗ったあと、鉄太郎は目を細めて言った。

「恐れ入ります」

「わしは五年前に大御番頭与力を息子に相続させて隠居した」

下村家は御譜代席の与力であり、息子は見習いとして出仕していたという。

「十年前、時江どのは勘定勝手方の高山俊二郎どのと離縁なさいましたね。その事情をお伺《うかが》いしたいのですが」

剣一郎は切りだした。

「うむ。寝耳に水のことだった。まさか、俊二郎が不正に手を染めるとは」

「どのような不正かご存じですか」

「現地の検分の際、金をもらって材木問屋の言いなりに報告を上げたことが明るみに出たそうだ」

「その知らせを聞いてどう思いましたか」

「耳を疑った。何かの間違いだと思ったが、俊二郎は処分を受け、小普請組に編入させられた。わしは孫のことも考え、時江を離縁させたのだ」

「時江どのは素直に承知なさったのですか」

「いや」

鉄太郎は首を横に振り、

「わしが強引に離縁させた。不正を働いたことはもちろんだが、見苦しい言い訳をしていると聞き、性根《しょうね》を疑った。このような男といっしょにいさせるわけにはいかないと思ってな」

「見苦しい言い訳とは？」

「自分は不正をしていない。不正を正そうとしただけだと、まるで他人が不正を働いたような言い方だったそうだ。それなのに、誰が不正を働いたかの問いかけに具体的な名を言うことも出来ず、自分の無実だけを訴えていることに呆《あき》れた」

鉄太郎は口元を歪《ゆが》めた。

「高山どのは無実を訴えていたのですか」

剣一郎は確かめた。

「そのようだ」

「時江どのはどう思っていたのでしょうか」

「夫婦だから、無実を信じていたが、処分が下ってはどうしようもない」

鉄太郎は苦しそうに顔を歪め、

「時江は泣いていたが……。だが、別れさせて正解だった。時江は旗本小森咲太郎《こもりさくたろう》さまの後添いになり、今は仕合わせに暮らしている。子どももいっしょだ」

「小森さまは時江どの母子をすんなり受け入れてくださったのですか」

「そうだ。小森さまは早くに妻女を亡くされ、やもめ暮らし。子どももいなかった。時江を見初《みそ》め、ありがたいことに母子を引き取ってくれた。歳《とし》は離れているが……」

「時江どのはすんなり後添いに？」

「やはり、逡巡《しゅんじゅん》はあったようだが、小普請組に入れられた俊二郎が不祥事を起こし、高山家は断絶した。そのこともあって、子どもの将来を考えて決断したのだ」

「高山どのの不祥事をどう思いましたか」

「ひとりになって寂《さび》しかったのか。あのような暮らしでは」

鉄太郎は呟くように言う。

「あのような暮らしというのは？」

「いや、本所の小普請組の組屋敷での暮らしを想像してみただけだ」

鉄太郎はあわてて言う。

「離縁のあと、高山どのは時江どのとお子さまに会いにくることはなかったのですか」

「なかった。会えば、よけいに辛くなるからだろう」

「その後、高山どのとは会ったことはないのですか」

「ない」

「高山どのは、時江どのが旗本小森咲太郎さまの後添いになったことを知っているのでしょうか」

「どうであろうか」

「高山どのは今どうしているか、想像できますか」

「江戸を離れたと聞いている。どうしているだろうか」

「時江どのとお子さまに会いたいがために、江戸に戻っているとは考えられませんか」

「俊二郎が江戸に戻っているのか」

鉄太郎は目を見開いた。

そのことには答えず、剣一郎は別のことを口にした。

「勘定奉行勝手方の役人で、高山どのといっしょに働いていた牧友太郎どのと水沢辰之進どのの名を聞いたことはありませんか」

「いや、ない。その者がどうかしたか」

「そのふたりが高山どのの不正を見つけたそうです」

「…………」

「ところが、そのふたりが最近になって、相次いで闇討ちに遭《あ》って命を落としました」

「なんと」

「ふたりは病死として届けられていますが、当時の上役だった勘定組頭さまは高山どのの仕業《しわざ》ではないかと疑っています」

「俊二郎が？　まさか」

鉄太郎は首を横に振った。

「高山どのの復讐ではないかと」

「あの男がそのようなことを……」

「十年前のことで、それも逆恨みです」

「逆恨み……」

鉄太郎は眉根を寄せた。

「逆恨みで復讐だなんて。ひょっとして」

鉄太郎は顔色を変えた。

「なんですか」

「時江には不正を働いたのは他の者だと言っていたそうだ。自分はやっていないと言っていたことがほんとうだとすれば……」

「高山どのは冤罪《えんざい》だったと？」

「そうだとしたら、逆恨みではなく、ほんとうに復讐をすることは……。いや、あの男に限ってそこまでするとは思えないが」

鉄太郎は困惑したように言う。

「どうなのでしょうか。高山どのは不正を働く人間でしょうか」

「わからない。だが、時江は無実を信じていた。夫婦だから、俊二郎という男を過大に評価していたからだろう」

「過大に評価？」

「どうして無実だと思うのかきいたが、時江自身も答えられなかった。ただ」

鉄太郎は冷笑を浮かべ、

「時江は苦し紛《まぎ》れのようにこう口にした。あのひとは、裁きを受けたあと、山茶花のようにありたいと言っていたと」

「山茶花のようにありたいと……」

「山茶花が好きだから無実だと。ばかばかしい。ようするに、時江は無実だと思いたいだけなのだ」

鉄太郎は溜め息をついた。剣一郎は、

「お願いがあるのですが、時江どのにお会いしたいのです。婚家に出向いてはご迷惑でしょうが、こちらにこられる用はありますまいか」

「………」

「こちらにお呼びすることは出来ませんか」

剣一郎は迫った。

「必要なら呼ぶが、時江には俊二郎のことを知らせたくない。いくら過去のこととはいえ、動揺するだろう」

鉄太郎は厳しい顔で言う。

「そうですね」

無理強いは出来ないと、剣一郎は思った。

「それより、俊二郎は江戸に戻っているのか」

鉄太郎がもう一度きいた。

「じつは高山どのではないかと思っている浪人がおります。しかし、本人も否定し、小普請組のときに雇っていた中間に確かめてもらっても、高山どのではないとの返事でした」

「それでは違うのではないか」

「ただ、本人は何らかの事情で隠しているのかも。また、中間は高山どのと別れて七年になります。七年で高山どのの雰囲気がすっかり変わってしまい、気づかなかったのではないかという疑いも」

「…………」

「いかがでしょうか。その浪人の顔を検《あらた》めていただくわけには参りませんか」

「……もはや他人であり、関わりたくない」

鉄太郎はきっぱり言う。

「その者が高山どのかどうか確かめたいのです」

「うむ」

「ならば、高山どのとすぐわかる何か特徴はありませんか。黒子《ほくろ》でも傷痕でも」

「黒子なら確か、左の二の腕にふたつ並んでいた」

鉄太郎は自分の左腕を上げて、その場所を指した。

「わかりました。さっそく調べてみます」

「もし、その者が俊二郎だとしたら……」

鉄太郎が表情を曇《くも》らせ、

「どうするつもりだ?」

と、きいた。

「牧友太郎と水沢辰之進殺しの真相を突き止めます」

「うむ」

鉄太郎は頷《うなず》いた。

礼を言い、剣一郎は高山俊二郎の妻女だった時江の実家をあとにした。


夕方になって、剣一郎は八丁堀の屋敷に帰った。

夕餉《ゆうげ》のあと、庭に出た。すっかり暗くなっていた。

庭に山茶花の木がある。剣一郎はそこに向かった。淡紅色の花が優雅に咲いていた。剣一郎は山茶花の花を見つめた。

山茶花は冬になると咲きはじめる。山茶花のようにありたいとはどういうことか。

じっと見つめていると、下駄の音がした。

「おまえさま、何をなさっているのですか」

多恵が横に立った。

「山茶花の花を見ていた」

「山茶花ですか」

多恵は怪訝《けげん》そうな顔をして、

「なぜ、急に？」

と、きいた。

「そなた、この山茶花をどう思う？」

「そうですね。とても上品で、優雅ね」

「うむ。そうだな。それから」

「寒い冬に気高く、強く咲いている姿を見ていると勇気をもらえますね」

「勇気か」

「ええ、寒い冬を困難と考えれば、どんな困難に遭っても気高く堪《た》え忍ぶ、ひとの生きざまを教えているようにも思えます」

「なるほど。それだ」

剣一郎は思わず声を発した。

「いったい、何があったのですか」

「不正の疑いで処分された者が妻女に、山茶花のようにありたいと話していたそうだ。妻女はそれで夫を無実だと信じたようだ」

「そうでしたか」

「出かけてくる」

「これからですか」

「太助がきたら引き止めておけ」

剣一郎は編笠《あみがさ》をかぶって屋敷を出た。

剣一郎は高野俊太郎の長屋を訪れた。

腰高障子《こしだかしょうじ》を開けると、俊太郎はまだ傘張りをしていた。

「精が出るな」

剣一郎は声をかけながら、俊太郎の左の二の腕に目をやった。

「もう切り上げようとしていたところです」

そう言い、俊太郎は傘を畳みはじめた。

剣一郎は注意深くその様子を見つめた。

傘を持ち上げたとき、左の二の腕に黒子を見つけた。やはり、この男は高山俊二郎だと確信した。

この男から、勘定勝手方の役人時代に不正を働いたことが感じ取れない。やはり、冤罪だったのか。

もし、貶められたのだとしたら復讐する動機になるが、ふたりの男を闇討ちにするような男には思えない。

それに、小普請組時代にいかがわしい女を屋敷に連れ込んでいたということも信じられない。なぜ、中間をしていた益吉は高山俊二郎ではないと言ったのだろうか。

張り終えた傘は壁際に積まれ、部屋が片づいた。

「どうぞ、おかけを」

俊太郎が勧《すす》めた。

剣一郎は腰から大刀を外し、上がり框《かまち》に腰を下ろした。

「きょう、小石川富坂町のお屋敷を訪ね、下村鉄太郎どのに会ってきた」

剣一郎はいきなり切りだした。

俊太郎は厳しい顔で、

「なんのことか」

と、とぼけた。

「高野どの。そろそろほんとうのところを明かしてくれぬか」

「…………」

「そなたは高山俊二郎どのではないか」

「いえ」

「なぜ、否定するのだ?」

剣一郎はきいた。

「波多野善行さまは、牧友太郎と水沢辰之進のふたりを闇討ちにしたのは、高山俊二郎だと思っている。そして、次の標的はご自身であると」

「………」

「なぜ、高山どのが十年前の恨みを今になって晴らそうとしていると思い込んでいるのか。わしは波多野さまの考えが理解出来なかった。だが、逆恨みではなかったらどうか。わしは勘定勝手方時代の高山どのの不正は冤罪ではなかったかと考えた。つまり、高山どのは無実の罪を押しつけられたのだ。そして、それをしたのが当時勘定組頭だった波多野さまと牧友太郎、水沢辰之進……。そうであれば、復讐も考えられなくはない。それでも、十年経《た》ってからの復讐はちと考えにくい。もしあえてあるとすれば……」

剣一郎は一呼吸置き、

「密約があったか」

と、鋭く切り込んだ。

微《かす》かに俊太郎の表情が動いた。

「その約束が守られなかったとしたら、復讐に駆られるかもしれない」

「………」

「だが、わしはそれでも高山どのが復讐に走るとは思わない」

「なぜですか」

俊太郎が真顔できいた。

「そなたが高山俊二郎だと思っているからだ」

剣一郎は立ち上がった。

「夜分に押しかけ、一方的に話をして申し訳なかった。だが、やってきた甲斐《かい》があった。邪魔をした」

剣一郎は土間を出て、編笠をかぶって長屋木戸に向かった。そのとき、二十七、八歳と思えるいかつい顔の男と、眉毛が薄く、無気味な感じの男が木戸を入ってきた。

ふたりは剣一郎を横目で睨《にら》みながらすれ違った。剣一郎は木戸を出てから振り返った。ふたりは俊太郎の隣の部屋に入って行った。

隣の部屋の男はまだ若い堅気の男だ。いまのふたり組とは似つかわしくない。

剣一郎は気になりながら引き上げた。

三

八十吉の気持ちはすでに固まっていた。自分の人生を奪った『田所屋』への恨みを晴らす。そう決めたとたんに、何か胸がざわついてならない。

高野俊太郎の言葉が耳朶《じだ》に張りついているのだ。どんなに悔しい思いをしようが、自分を見失ってはだめだ。誘惑に負けてはならぬ。俊太郎はそう言った。しかし、そのような忠告は誰もが言う当たり前の言葉だ。そんなことで気持ちが揺らぐことはない。

八十吉の心に突き刺さったのは、俊太郎の他の言葉だ。

「俺は山茶花のようにありたいと思っている。冬になると咲きはじめる淡紅色の花だ。咲いたかと思うと、花はばらばらに散っていくが、また花をつける。冬の寒い中、山茶花は強く咲き誇っているのだ」

山茶花のようにありたいと思っているという言葉が、耳朶にこびりついている。俊太郎は最後にこう言った。

「今度、どこぞの庭ででも山茶花を見てみろ。美しいと思うはずだ」と。

他の誰かに同じことを言われても何も感じなかったかもしれない。高野俊太郎の言葉だから心に響いたのだ。

戸が開いて、軍次と又蔵が入ってきた。

「どうも」

八十吉は軽く頭を下げて迎えた。

「どうした？」

軍次が不審そうにきいた。

「えっ、何がだ」

「なんだか戸惑ったような変な顔をしていたようだが」

「そんなんじゃねえ」

八十吉はあわてて言う。

「ならいいが」

ふたりは上がり框に腰を下ろした。八十吉は煙草盆《たばこぼん》を差し出す。

「どうだ。『田所屋』のほうは？」

煙管《キセル》を取り出しながら、軍次がきいた。

「段取りはつけた」

八十吉は答え、

「いつでも、裏口から俺を引き入れてくれる」

「そうか」

軍次は満足げに煙管に火を点《つ》けた。

「だが、ほんとうに奉行所に訴えないだろうか。もし、訴えられたら俺のことはすぐわかってしまう」

亀吉に話をつけ、具体的に屋敷に忍び込む手筈《てはず》が整ったが、問題はそのあとのことだ。亀吉は俺に裏切られたと憤慨するはずだ。

亀吉は当然奉行所の役人に俺のことを言うに違いない。八十吉はそのことを口にした。

「心配いらねえ。頂く金はおめえの償い金としてもらうのだ。それに、政兄いが『田所屋』の主人の弱みを摑《つか》んでいる。それで脅《おど》せば、奉行所には届けられねえはずだ」

「弱みって？」

「それは政兄いに任せておけばいい」

「でも」

八十吉は不安を口にする。

「『田所屋』には岡っ引きの甚助が出入りしているんだ。甚助に漏《も》れないだろうか」

「だいじょうぶだ。俺たちは金を盗むんじゃねえ。『田所屋』の主人が自ら償い金を出したことになるんだ。おめえが当然受け取るはずの金をな」

軍次は冷笑を浮かべ、

「おめえは黙って俺たちに従っていればいいんだ」

と、余裕に満ちた顔で煙を吐《は》いた。

「で、いつやるんだ？」

八十吉はきいた。

「まだ決まってねえが、近々だ」

「『田所屋』に押し入るのは俺たち？」

「何度同じことをきくんだ」

又蔵が呆れるように言い、

「そうだ。政兄いと俺たち三人だ」

と、口にした。

軍次が煙管の雁首《がんくび》を煙草盆の灰吹《はいふき》に叩《たた》いて、

「じゃあ、また明日くる」

と言って、立ち上がった。

「おっといけねえ。肝心《かんじん》なことを忘れていた」

そう言い、軍次は懐《ふところ》から懐紙《かいし》に包んだものを出した。

「政兄いからだ。金がねえんじゃないかって心配していたからな」

「いいのか」

八十吉は受け取った。

「ああ、遠慮しないでとっておきな」

「ありがたい」

もう貯えもなくなっていたのだ。

「『田所屋』から償い金をもらうまで、その金で過ごすんだ」

「助かる」

「償い金をもらったら、もう他人だ。そのことは忘れるな。町で出会っても、お互い知らぬふりだ」

「わかった」

「なんだか、びびっているな」

又蔵が嘲笑《ちようしよう》した。

「いよいよだと思うと、落ち着かなくなった」

八十吉はそう言ったが、本心は踏ん切りがつかず、気持ちが揺らいでいるのだ。

「八十吉、俺たちがついている。大船に乗ったような気持ちでいろ。いいな」

軍次はそう言い捨て、又蔵といっしょに土間を出ていった。

軍次や又蔵と話していると、『田所屋』の主人、勘十郎の仕打ちに怒りが込み上げ、さらに自分の将来についての不安が膨《ふく》らんでくる。だから、ふたりの企《たくら》みに乗ることにまったく抵抗はなくなる。

だが、ひとりになると、高野俊太郎の言葉が蘇るのだ。

「俺は山茶花のようにありたいと思っている」

山茶花の花はときおり目に入るが、改まって見つめたことはない。

翌日の夕方、八十吉は木挽町三丁目に行き、三十間堀のそばにある柳の木の陰に立ち、『田所屋』を見ていた。

辺りが暗くなり、やがて暮六つ（午後六時）の鐘が鳴り出すと、『田所屋』の大戸が閉められた。夜になって、ますます風も冷たくなっていた。

政五郎は『田所屋』の勘十郎の弱みを握ったというが、どんな弱みがあるのだろうか。

勘十郎は女にだらしがないということもない。女絡《がら》みでないことは確かだ。それ以外に何があるか。

それからしばらくして、路地から羽織姿の長身の男が出てきた。丹次郎だ。色白で目鼻だちは整っているが、にやけて薄気味悪い。お節がどうしてこんな薄っぺらい感じの男に夢中になったのかと不思議だ。

丹次郎は木挽町一丁目のほうに歩きだした。勘十郎の秘密を探る気でいたが、気持ちが変わった。八十吉は丹次郎のあとをつけた。

丹次郎は紀伊国橋《きのくにばし》を渡り、両替町《りょうがえちょう》に出て、京橋《きょうばし》に向かった。八十吉がつけているとは想像さえしていないだろう。丹次郎は悠然《ゆうぜん》と京橋を渡った。

南伝馬町《みなみてんまちょう》にある駕籠屋に入り、丹次郎は駕籠に乗った。駕籠はそのまま日本橋方向に進んだ。

八十吉は早足で駕籠を追う。

なぜ、店まで駕籠を呼ばなかったか。丹次郎の秘密の行動に、八十吉は勇躍《ゆうやく》した。

日本橋を渡り、室町、本町と過ぎ、須田町を出て八辻ヶ原《やつじがはら》を突っ切った。筋違《すじかい》御門《ごもん》を抜けて、駕籠が向かったのは明神下《みょうじんした》だった。

途中で駕籠を降り、丹次郎はすたすたと横町を曲がり、二階建ての小洒落《こじゃれ》た一軒家の前に立った。黒板塀に囲まれ、庭には松の樹が見える。

丹次郎は小さな門を入り、格子戸の前に立った。

しばらくして、中から戸が開いて、丹次郎は家の中に消えた。

八十吉は家に近づいた。素早く門の中に潜り込み、建屋の横にまわり、壁に体をくっつけて連子窓《れんじまど》から中を覗いた。若い女の姿が目に入った。

奥に行ったのか、丹次郎の姿は見えない。女も視界から消えた。

丹次郎と女がどういう関係か考えるまでもなかった。八十吉はその家から離れた。

このことを、『田所屋』の勘十郎とお節は知っているのか。『田所屋』は丹次郎にいいように食い物にされているのではないか。

俺を襤褸屑《ぼろくず》のように捨てた天罰だと腹の中で罵《ののし》ったが、丹次郎だけが勝手に振る舞っていることに納得いかなかった。

八十吉は複雑な思いで長屋に帰ってきた。

部屋に落ち着き、煙草をくゆらせながら、丹次郎のことを考えた。

翌朝、八十吉は明神下の丹次郎が訪れた家の前までやって来た。

丹次郎は泊まっていったのか。いや、主人の勘十郎の手前もある。さすがに遅くとも引き上げただろう。

その家から婆《ばあ》さんが出てきた。八十吉は近づいて、

「おはようございます」

と、声をかけた。

婆さんは警戒ぎみに挨拶《あいさつ》を返した。

「ちょっとお訊《たず》ねしますが、こちらはお幸さんのお宅でしょうか」

八十吉は適当に言った。

「いえ。違います」

「お幸さんじゃない？　聞いた名前が違ったかな」

八十吉は呟き、

「どなたのお宅で？」

と、きいた。

「おまえさんは誰だい？」

「へえ。『田所屋』の者です。若旦那の丹次郎さんから頼まれたんですが、どう

も名前を忘れてしまって」

「丹次郎さんから？」

「へえ。昨夜こちらにお邪魔しましたね」

「ええ」

婆さんはようやく警戒を解いたようだった。

「煙草入れを忘れたかもしれないので、取ってきてくれと頼まれたのです。てっきり、お幸さんの家と聞いたような気がしたんですか」

「お幸さんじゃありませんよ。お絹《きぬ》さんですよ」

「お絹さん？」

八十吉はわざと首を傾《かし》げ、

「すみません。若旦那にもう一度確かめてきます」

と、婆さんの前を離れた。

途中で振り返ると、婆さんは怪訝そうな顔で見送っていた。

八十吉はその足で、麴町にある呉服問屋『三村屋』向かった。

半刻（一時間）後、八十吉は『三村屋』の前にやって来た。土蔵造りで本瓦《ほんがわら》葺《ぶ》きのがっしりした大きな二階建てだ。庇《ひさし》の上に屋根看板が掲げてあり、五間（約九メートル）ほどの間口から見える店座敷は、何十畳もあろうかという広さだった。

八十吉は土間に入り、番頭らしき男に声をかけた。

「私は木挽町の『田所屋』から参りました」

「『田所屋』？」

四角い顔の番頭は眉根を寄せた。

「はい。若旦那の丹次郎さんのことで」

番頭は顔色を変え、

「ちょっとこっちへ」

と、店の隅に連れて行かれた。

「丹次郎さんと『三村屋』はもう関係ありません。それは『田所屋』さんのほうでもご承知のはずです」

「関係ない？　どういうことですか」

八十吉はむきになってきいた。

「ご存じなかったのですか。丹次郎さんは『三村屋』とはもう関係がありませんから」

「関係ない？」

八十吉は耳を疑った。

「でも、祝言には『三村屋』さんの旦那も出たんじゃないんですか」

「いちおうめでたい席だから出たんでしょう」

「じゃあ、『田所屋』のほうはそんなことになっているなんて、これっぽっちも思っちゃいなかったんですね」

「さあ、私はそのへんのことは知りません」

「体《てい》よく、厄介者《やっかい》を『田所屋』に押しつけたのでは」

「それは言い過ぎでしょう」

「どうして、そんなことになったのですか」

「道楽者でしたからね。ちょっとばかり顔がいいものだから、女に好かれた。そういう女を食い物にして」

「食い物に……」

「旦那も内儀《おかみ》さんも愛想を尽かしたんだ」

番頭は吐き捨てた。

「お絹という女のひとをご存じですか」

八十吉がきいた。

「丹次郎さんが付き合っていた女のひとりですよ。でも、丹次郎さんはその女を気に入っていたから、未だに手は切れていないだろうね」

番頭は客のほうを気にして、

「帰って、旦那にきいてみな。『田所屋』と『三村屋』に親戚付き合いはないと言うはずだから」

「なぜそんな男を婿にしたのか」

「さあ、よほど『田所屋』の娘は丹次郎さんに惚《ほ》れていたんだろうなと思っていた。じゃあ、忙しいから」

番頭はにこやかな顔で女の客のほうに行った。


その夜、八十吉は『赤鬼屋』で夕餉をすませて長屋に帰った。

冷えきった部屋に入り、まず行灯《あんどん》を灯《とも》し、火鉢の灰の中から火の点いた炭を取り出して新たに炭をくべた。

炭が赤くなってきた。八十吉は手をかざしながら、丹次郎のことに思いを馳せた。

丹次郎にはお節の婿になる前からお絹という女がいたのだ。それなのに、なぜ『田所屋』に婿に入ろうとしたのか。

お絹と別れるつもりでいたが、婿に入ったあと、再会してまた付き合いがはじまったのか。

いや、丹次郎は『三村屋』との関係を絶たれた身だったのだ。そのことを隠して、『田所屋』の主人勘十郎に近づいた。お絹のことも伏せていたのであろう。

勘十郎もお節も、丹次郎に騙されたのではないか。最近、旦那はいらついているようだ、と亀吉が言っていた。

八十吉は思わずあっと声を上げた。ひょっとして、勘十郎は丹次郎の本性に気づいたのではないか。

八十吉を貶めるために、お幸という女を使ったのは丹次郎なのだ。すべての元凶は丹次郎だ。

勘十郎に償い金を出させることは筋違いではないか。勘十郎もお節も丹次郎に騙されたのだ。

しかし、騙されたとしても、八十吉を追い出した罪の大きさは変わらない。制裁を受けて当然だ。では、丹次郎はどうなのだ。このままでいいのか。

八十吉は呻《うめ》き声を発した。

このまま、政五郎たちに言われたとおり、『田所屋』に押し入っていいものか。八十吉は頭を抱えた。

ふと声がして、腰高障子が開いた。

「邪魔をする」

「高野さま」

隣の高野俊太郎だった。

俊太郎は土間に入ってきた。

「ここ、いいか」

「どうぞ」

俊太郎は上がり框に腰を下ろした。

「何か」

八十吉は訝しげに俊太郎の顔を見た。

「呻き声が聞こえた」

「えっ」

「そなた、何を悩んでいるのだ?」

「それは……」

「例のふたり組に関わることだな」

「………」

「ひとりで悩んでないで話してみろ」

「へえ」

八十吉は俯《うつむ》く。

「どうした?」

「いえ、なんでも」

「そうか。じつは俺は十年前まで直参《じきさん》の侍だった」

「えっ?」

俊太郎が自分のことを語り出したので、八十吉は思わず顔を見つめた。

「あるとき、同僚が不正を働いているのに気づき、注意をした。しかし、やめようとしないので上役に訴えた。その結果、どうなったと思う?」

俊太郎は苦しげな顔を向けた。

「どうなったんですか」

八十吉は身を乗り出してきいた。

「俺が訴えたことで不正は未遂に終わった。だが、不正を働いていたのは俺だということにされた」

「なんですって。そりゃ、あんまりじゃありませんか」

八十吉は叫んだ。

「上役も不正に絡んでいたのだ。不正に関わっていた連中がいっせいに俺を糾弾《きゅうだん》したから、俺がいくら真実を叫んでも無駄だった。ただ、さすがに上役も気が差したのだろう、不正は未遂に終わったことでもあるから寛大な処分をと嘆願したそうだ。だが、それがもとで俺はお役御免になった……」

「高野さまは自分を貶めた上役らに仕返しをしようとは思わなかったのですか」

八十吉はきいた。

「いや、そんなことをしたら、俺も所詮《しょせん》その者たちと同類になってしまう」

「でも、名誉を挽回《ばんかい》しないと」

「俺の名誉を挽回したところで、一度失った暮らしが返ってくるわけではないからな。それに、俺の名誉が回復しようが、ほとんどの者は関心がないはずだ。じつのところ、あんな武士の世界に戻りたいとは思わないのだ」

「失礼ですが、こんな長屋で傘張りの内職をしていく毎日でいいのですか」

「いいとは思っていない。だが、今の暮らしから抜け出すために誤ったことをしてはならないのだ。まっとうな暮らしを続けていれば、いつかそれを見てくれているひとが現われ、自分を違う道に導いてくれるはずだ」

「そうでしょうか」

八十吉は異を唱えた。

「あっしと組んで紙屑買いをしていた常七さんも、若い頃はお店に奉公していたそうです。意地の悪い番頭を殴《なぐ》って店を辞め、それから悪い仲間に入ってゆすりたかりの暮らしをしていましたが、おかみさんと出会い、まっとうな暮らしをはじめたそうです」

八十吉は常七を思いだしながら、

「ずっとまっとうに働いていたのに、おかみさんが三年前に亡くなり、自分も先日、急病で死んでしまった。地道に真面目にやってきたって、このざまだ」

「不運だったな」

俊太郎は呟いてから、

「だが、常七は不仕合わせそうだったか」

と、きいた。

「いや。高野さまのように、あっしにまっとうに生きろと口を酸っぱくして言っていた」

「他人から見たら不仕合わせに見えるかもしれぬが、常七は仕合わせな生き方をしてきたのではないか。いいおかみさんと暮らすことが出来た。おかみさんが不幸にも先に亡くなったそうだが、ひとりになった常七はおかみさんに恥ずかしくない生き方をしてきたのだ。常七は仕合わせだったと思う」

「常七さんは仕合わせだったのか」

八十吉は新しい発見をしたような思いで呟いた。

「そうだ。だから、そなたにも悪い仲間に入るなと忠告出来たのだ。常七は決して不仕合わせではなかったのだ」

「常七さんも、高野さまが仰るように、山茶花のように生きてきたんでしょうね」

「うむ、そうだと思う。厳しい冬にも気高く咲く山茶花のように、不遇の時代も正しく優雅に生きていけば、必ず春がやって来るのだ」

「高野さま。聞いてくださいますか」

八十吉はすべてを話そうと思った。

「聞こう」

俊太郎は大きく頷いた。

四

剣一郎は小石川片町にある水沢辰之進の屋敷にやって来た。

剣一郎は門の前に立ち、左右を見る。周囲に樹木などはない。隣家の門まで少し離れている。

そのことを確かめてから、剣一郎は門を入った。

玄関に応対に出た若党に、弟の辰次郎の奉公先をきこうとしたところ、辰次郎は滞在しているとのことだった。

すぐに辰次郎が出てきて、剣一郎を客間に通した。

「また、辰之進どのが闇討ちに遭ったときのことをお伺いしたいのですが」

さっそく、剣一郎は切りだした。

「辰之進どのは波多野さまの屋敷に呼ばれ、帰りは波多野さまが念のためにと柏木啓次郎どのを警護のためにつけてくれたのでしたね」

「そうです。屋敷の前で柏木どのと別れ、門を入ろうとしたとき、兄は背中を斬られ、振り向いたところを袈裟懸《けさが》けで斬られたようです」

日が経ち、辰次郎は冷静に答えた。

「今、門の前に立ち、辺りを見たのですが、賊《ぞく》が身を潜《ひそ》められる場所は隣家の門の中しかないようです」

「暗がりに身を潜めていたのでは？」

「単に暗がりでは、柏木どのは気配で気づくはずです。やはり、柏木どのが気づかぬとしたら隣家の門内かと」

「それが何か」

辰次郎は訝しげにきいた。

「少し離れていますね」

「ええ」

「そこから賊が走ってきたなら、辰之進どのは気づいたのではないでしょうか」

「…………」

「しかし、背中を斬られている」

「どういうことでしょうか」

「まだ、わかりません。柏木どのが賊が潜んでいることを見逃してしまったか……」

剣一郎は慎重に言葉を選び、

「牧友太郎どのもやはり背中から斬られていたようです」

と、言った。

「はい。牧さまのところの若党にきいたところ、兄とまったく同じような状況で襲われたようです」

「確か、酒を呑んでの帰りだったとか」

「かなり呑んでいたので、潜んでいた賊に気づかなかったのではないかと」

「うむ」

剣一郎は唸《うな》ってから、

「ところで、最近辰之進どのは何か悩んでいるふうではありませんでしたか」

「ここ数年はお役についてこぼすことが多かったのですが、最近はそういうこともなくなり、かえって機嫌もよかったです」

「お役の不満ですか」

「勘定組頭になれない不満のようでした」

辰次郎は思いだすように続けた。

「その不満を波多野さまに聞いてもらっていたようです。それから、元気になっていきました」

「波多野さまから何か助言でもあったのでしょうか」

「さあ、そこまではわかりません」

「しかし、なぜ波多野さまに相談を？」

剣一郎は鋭くきいた。

「上役でしたから」

「しかし、上役といっても十年前の話ですよね。それに、波多野さまは今は小普請組支配。勘定奉行勝手方とは関係ありませんね」

「そうそう、波多野さまは今度勘定奉行になるかもしれないと、兄は言ってました」

辰次郎が口にした。

「勘定奉行？」

「ええ。波多野さまが勘定奉行になって戻ってくれば、自分にとって有利になると思ったのかもしれません」

「なぜ、有利に？　それほど、辰之進どのと波多野さまの結びつきには強いものがあるのでしょうか」

「そうだと思います」

「そうですか」

「何か、ご不審が？」

辰次郎は迫るようにきいた。

「………」

剣一郎は考えこんだ。

あることを想定すると、状況に説明がつく。だが、想像でしかない。証拠がなく、説得力に欠ける。

特に十年前の高山俊二郎が絡んだ不正事件の真相を明らかにすることは、まず不可能だ。明らかに出来るとしたら、牧友太郎と水沢辰之進殺しだ。

剣一郎は水沢辰之進の屋敷をあとにし、小川町の波多野善行の屋敷に向かった。

　半刻（一時間）後、剣一郎は波多野善行の屋敷から、柏木啓次郎と神田川沿いにある太田姫《おおたひめ》稲荷まで歩いてきた。

　ここに来るまで、啓次郎は剣一郎が話しかけても口数が少なかった。境内《けいだい》の人気《ひとけ》のない場所に向かった。啓次郎は黙ってついてきた。植込みの前で、立ちどまった。

「話とはなんでござるか」

　啓次郎は厳しい表情できいた。眼光鋭く鼻が高い。顎《あご》が尖《とが》っているのは激しい気性の表れだろうか。

「もう一度、水沢辰之進どのを送っていかれたときのことをお伺いしたいのです」

　剣一郎は口にする。

「門近くまでお送りしたことはすでにお話ししておりますが」

「ええ。お聞きしました。その上で、確かめておきたいことが」

「何でしょう」

「賊がどこに潜んでいたかがわからないのです。柏木どのは門近くまで行かれたとのことですが、屋敷の前の通りには姿を隠せるような樹木など一切ないのです」

「………」

「塀際の暗がりとも考えましたが、それでは柏木どのが気配に気づくのではないでしょうか。水沢どのとて気づいたはずです。ふたりが気づかなかったのは、賊が暗がりに潜んでいたのではないからです。あなたも、周辺にも怪しい人影はなく、安心して踵を返したと仰っていました」

剣一郎は啓次郎の顔を見つめ、

「では、どこか。考えられるのは隣の屋敷です。そこの門内に潜んで、賊は水沢どのが帰ってくるのを待っていたのではないか」

「そうかもしれませんね」

啓次郎は応じる。

「ええ。ですが、これも妙なのです」

「妙？」

「ええ、少し距離があります。水沢どのと柏木どのが別れたあとに、賊が飛び出したら、水沢どのは気づくのでは？」

「………」

「水沢どのは背中から斬られているのです。つまり、賊が迫るまでまったく気づいていなかったのです」

剣一郎は啓次郎を見つめ、

「半月ほど前に、牧友太郎どのが同じように自分の屋敷の門前で襲われています。そのことを知っていながら、なぜもっと注意をしなかったのでしょうか」

「油断でしょう」

「ええ、油断していたのです。それはあなたがいるからという安心感からではないでしょうか」

「青柳さま、何を仰りたいのですか」

啓次郎の顔色が変わった。

「私は疑問を口にしているのです」

「悔しいですが、賊のほうが一枚も二枚も上手《うわて》だったということです」

「高山俊二郎ですね」

「そうです。私は高山俊二郎を知りませんが、波多野さまからお聞きした雰囲気によく似ていました」

「高山どのの復讐だとしたら、なぜ背中から斬ったのか。復讐だと相手に知らしめてから殺すのでは？」

「確実に殺したかったのではないですか」

「ええ、ただ命を奪えばよかった。そうかもしれません。それに、背中から、しかも刀を抜かぬままに斬られるという不名誉な死は隠そうとするかもしれない。そうすれば、下手人の探索が疎《おろそ》かになる。そういう狙《ねら》いがあったのかもしれませんね」

剣一郎はあえてそういう言い方をした。

「そういうことでしょう」

「もう一度ききますが、水沢どのの場合は、あなたが病死にするように家人に勧めたそうですが」

「ええ。正直、あの斬られ方は武士としていかがかと思いまして」

「なるほど」

剣一郎は頷き、

「波多野さまから、水沢どのを見送るように言いつかったのでしたね」

「そうです」

啓次郎は答えたあと、

「さっきからの青柳さまの疑問を突き詰めていくと、まるで私が水沢どのを襲ったかのように受け取れますが」

「あり得ることは、すべて確かめねばなりません」

「なぜ、私がお二方を殺《や》らねばならないのですか」

「わかりません。しかし、周囲が知らないだけで、かねてより、柏木さまはふたりと確執があったのかもしれません」

「冗談ではありません。私がおふたりを恨んでいたとでも言うのですか。あの方々は勘定奉行勝手方の役人。私は部屋住みの次男坊で、波多野さまの家来になった身。どこにもつながりはありません」

「では、誰かに命令されたとか」

「誰がそんな命令を」

「…………」

剣一郎はわざと押し黙った。

「まさか、殿が命じたと？」

啓次郎はやや気色《けしき》ばみ、

「冗談じゃありません。なぜ、そんな考えが生まれるのか、私には理解出来ない。青柳さまに何がわかるというのですか」

と、喚《わめ》くように言う。

「波多野さまは高山どのが逆恨みからふたりを殺し、さらにご自身をも狙っているると仰っていました。しかし、私が調べた限りでは、そのような形跡はありません」

「高山の仕業ではない。だから私が殺ったと仰りたいのですか」

「それもあり得ると申しただけです」

「高山の行方がわかったのですか」

啓次郎は憤然としてきいた。

「わかりました」

「どこですか」

啓次郎は迫った。

「まだ、お話し出来ません」

「なぜですか。殿から高山の行方を捜し出すように頼まれているのではありませんか」

「本人は否定しています。私は高山どのだと思っていますが、本人が否定するうちはまだお伝えするわけにはまいりません」

「青柳さまは高山にたぶらかされているのではないですか。殿の話では、あの男は口が達者だそうですから」

「そうは思えません」

剣一郎はきっぱりと言い、

「いずれにしても、高山どのの件で波多野さまにご報告したいことがあります。柏木どの、明日か明後日にでもお会いしたいとお伝え願えますか」

「わかりました。伝えておきます。返事は八丁堀のお屋敷まで使いの者に届けさせます」

「お願いいたします」

「では」

啓次郎は会釈をして、鳥居のほうにさっさと向かった。

剣一郎はゆっくり歩きだした。

その夜、剣一郎は久しぶりに太助といっしょに夕餉をとり、居間でくつろいでいると、京之進がやって来た。

「青柳さま。夜分に申し訳ありません」

目の前に座り、挨拶をする。

「なに、いつでも構わぬ」

剣一郎は言い、

「何かあったか」

と、きいた。

「地回りの茂造を殺した下手人が浮かびました」

京之進が報告をする。

「そうか。でかした。誰だ？」

「梅助《うめすけ》という甘酒売りです」

「甘酒売り？」

「はい。茂造と揉《も》めていた当の甘酒売りです」

「なぜ甘酒売りが？」

剣一郎は意外だった。

「はい。梅助が茂造のあとをつけているのを、同じ甘酒売りの仲間の男が見ていました。かなり険しい顔だったので、声をかけられなかったと。その後、茂造の死体が発見されたそうです」

「梅助が殺したところを見ていたわけではないのだな」

「はい。ただ、茂造に憤慨していたそうです」

「しかし、高野俊太郎どのの介入で代金は回収できたのだし、殺すほど憤慨するとは思えないが」

「甘酒売りの仲間に、仲立ちに入った浪人に土下座をさせたことが許せないと言っていたそうです」

「土下座をさせたこと？」

「はい。とにかく、梅助から事情を聞こうとしたのですが、梅助はあれから長屋に帰っていないんです」

「逃げたのか」

「そうだと思います。いずれ自分の仕業だとわかると思って逃げたのだと」

京之進はさらに続けた。

「これは、甘酒売りの仲間の印象ですが、梅助はあの浪人を知っていたんじゃないかと。だから、あんなに憤慨していたのではないかと」

「しかし、梅助は助けてくれた高野どのに礼も言わずに姿を消してしまったが

「……」

「そうですね」

「それに、高野どのからは甘酒売りの男を知っている様子は窺《うかが》えなかったが」

剣一郎は首を傾げたが、ふと思いついてきいた。

「梅助は、甘酒売りの前は何をしていたかわかるか」

「いえ」

「それを調べてみてくれ」

「わかりました」

京之進は引き上げた。

「太助」

剣一郎は声をかける。

「はい」

「益吉は高野俊太郎を見て何か嘘をついている。なぜ嘘をついたのか。そこが気になる。明日、益吉にもう一度会いに行く」

「わかりました」

太助は勇んで返事をした。

多恵が入ってきた。

「太助さん。これ食べなさいな」

「焼き芋《いも》」

太助は目を輝かせた。

「大好物でしょう」

「ええ。目がありません」

「おまえさまも」

「どうしたんだ？」

「茅場町《かやばちょう》の下駄屋の内儀さんが、相談に乗ってもらった礼だと言って、持ってきてくれました。川越《かわごえ》の本場ものだそうですよ」

季節が冬に変わる頃から、町々の木戸番の店では焼き芋を売りはじめる。

「うまそうだ。剣之助《けんのすけ》と志乃《しの》も呼ぼう」

「もう、呼んでありますよ」

その言葉と同時に、襖《ふすま》が開いて、伜《せがれ》の剣之助と嫁の志乃が入ってきた。

剣之助は見習い与力として吟味方《ぎんみかた》与力橋尾左門《はしおさもん》の下で働いている。志乃はときおり、多恵に代わって玄関で陳情客の応対に当たっている。

「家族が揃うのはうれしいことだ」

剣一郎は呟く。

「すみません、あっしが余分で」

太助は小さくなって言う。

「何言っているんですか。太助さんは家族も同然ですよ」

剣之助が微笑《ほほえ》んで言う。

「そうだ、太助。そなたは青柳家の一員だ」

剣一郎が言うと、太助は鼻をぐすんとさせた。

「さあ、どうぞ」

志乃が焼き芋を太助に渡した。

「いただきます」

太助は涙をごまかすように焼き芋をほおばった。

ふと、剣一郎は嫁《とつ》いだ娘のるいのことを思いだした。しばし、るいに思いを馳せていると、多恵の視線に気づいてあわてた。何を考えていたか、見透かされていると思った。

五

翌日、八十吉は木挽町の『田所屋』の前にやって来て、三十間堀のそばの柳の木の陰に立った。

ときたま、亀吉が出てくるが、店先には他の奉公人がいるので近寄れない。気長に待つしかなかった。

空駕籠がやって来た。店から丹次郎が出てきて、駕籠に乗り込んだ。番頭たちが見送った。

それから、主人の勘十郎が出てきた。表情は曇っている。丹次郎のことで悩んでいるのではないかと勝手に想像した。

勘十郎は手代を供に橋を渡っていった。

四半刻（三十分）経ったが、亀吉に近づく機会は訪れなかった。もう少し、亀吉から『田所屋』の中の様子をききたいのだ。

一昨日、高野俊太郎に今の状況をすべて話した。俊太郎は、勘十郎とお節の様子をもっと深く聞いてくるのだと言った。

亀吉なら冷静な目で見ているだろうと思っている。が、なかなか亀吉に近寄れない。

するると、客を見送りに亀吉が出てきた。だが、今回も番頭がいっしょだったので不用意には近づけない。

そのとき、『田所屋』の脇の路地から、若い女が出てきた。八十吉ははっとした。お節だった。家族用の戸口からひとりで出てきた。

お節の顔色はすぐれなかった。暗い顔をしている。やはり、丹次郎のことが原因ではないか。

八十吉はお節のあとをつけた。

お節は采女ヶ原《うねめがはら》のほうに向かった。八十吉もついていく。かなたに築地本願寺《つきじほんがんじ》の大伽藍《だいがらん》が望めた。

お節は築地本願寺の山門をくぐった。広い境内をまっすぐ本堂に向かう。八十吉も山門を入った。

お節は本堂に入り、お参りをしていた。八十吉はその姿をじっと見ていた。

その横顔は窶《やつ》れたようだ。勝気で、わがままで、自由奔放に生きてきたお節の姿はない。苦しそうな顔で熱心に祈っていた。

何がお節を苦しめているのか。八十吉は胸が締めつけられた。

ようやく、お節が本堂から離れた。

八十吉は追いかけ、途中で声をかけた。

「お節さん」

お節は立ちどまった。

八十吉はお節の前に回り込んだ。

お節は目を見開き、口をあえがせた。

「ずいぶん熱心に拝んでいましたね。何をお願いしていたんですか」

「どうして私の前に？」

お節がきいた。

「なんだか丹次郎さんにいい噂を聞かないので、心配になったんです」

「…………」

「どうなんですか」

「そんなことありません」

お節は突き放すように言い、そのまま去ろうとした。

「お節さん、痩《や》せたんじゃありませんか」

お節は立ちどまった。

「今、仕合わせですかえ」

「失礼します」

お節は会釈して立ち去ろうとした。

「待ってください」

八十吉は呼び止める。

「丹次郎さんは『三村屋』から厄介払いされていたってほんとうですかえ」

お節は顔色を変えた。

「知っていたんですね。じゃあ、お絹って女のことは?」

「お絹?」

お節は眉根を寄せた。

「いや、知らなければいいんです」

「誰ですか、お絹って。ひょっとして、丹次郎の女……」

お節は呟くように言う。

「なんで、あんな男に……」

八十吉はやりきれなかった。

「八十吉さんに合わせる顔はありません。失礼します」

お節は逃げるように駆け出した。

追いかけようとしたが、八十吉は思い止まった。

お節は後悔しているのだ。おそらく、勘十郎も同じだろう。


八十吉は木挽町から明神下に向かった。

小洒落たお絹の家の近くにやって来た。この家の家賃もお絹が暮らしていく金も、丹次郎が出しているのだろう。もちろん、『田所屋』の金だ。

八十吉は住込みの婆さんが出てくるのを待った。だが、出てくる気配はなかった。まだ、夕餉の買い物に行くには早すぎるか。

思い切ってお絹に会ってみようかと思った。丹次郎との関係をはっきりさせ、勘十郎に告げよう。八十吉はそう思い、お絹の家に向かいかけた。

そのとき、丹次郎の姿が目に入った。八十吉はあわてて路地に身を隠した。

丹次郎はすたすたとやって来て、お絹の家に入って行った。

八十吉も門の中に入り、先日と同様、家の脇の連子窓から中を見た。丹次郎とお絹の姿が見えた。だが、もうひとりいた。赤子だ。

その夜、八十吉は『赤鬼屋』の小上がりで、酒を呑んでいた。

丹次郎とお絹の間に赤子がいた。男の子のようだ。丹次郎とお節の間に子どもが出来なければ、丹次郎はその子を『田所屋』に迎え入れるのではないか。つまり、将来『田所屋』はお絹の子が継ぐことになるのだ。

八十吉は酒を口に流し込んだ。苦い酒だった。

勘十郎は知っているのか。勘十郎もお節も丹次郎に騙されていたのだ。自分はその最大の犠牲者だと思うと、自分の仇《かたき》は丹次郎であって、勘十郎ではない。

戸が開いて、冷たい風とともに軍次と又蔵が入ってきた。

小上がりで呑む八十吉の前に座り、軍次が顔を突きだした。

「昼間、どこに行っていたんだ？　長屋にいなかったな？」

「あっ、すまなかった。ちょっと急用が出来て」

八十吉はあわてて弁明する。

「急用ってなんだ？」

「なんでもない、こっちの話だ」

八十吉は顔をそむけて言う。

「まあいい。明後日の夜だ」

「明後日の夜？　ずいぶん急じゃねえか」

「手筈は整っているんだろう。明後日、政兄いが最後の打ち合わせをしたいそうだ。その日の昼にまた柳橋の袂で落ち合おう」

「わかった」

注文をとりにきた小女を無愛想にあしらうと、軍次と又蔵は引き上げた。

『赤鬼屋』を出て、八十吉は長屋に帰った。が、自分の部屋に入らず、高野俊太郎の住まいの腰高障子を開けた。

「高野さま。よろしいですか」

「構わん。入れ」

「へい」

八十吉は土間に入った。張り終えた傘が壁際に積まれていた。

「上がれ」

「ここで」

八十吉は上がり框に腰を下ろした。

「何かわかったか」

「はい。丹次郎とお絹の間に赤子がいました」

「赤子?」

「ええ。今日、もう一度お絹の家に行ってみたんです。そしたら、そこに丹次郎がやって来て、ふたりで赤子をあやしていました」

「そうか」

「おそらく、その赤子を丹次郎は養子にし、将来『田所屋』を継がせるつもりに違いありません。これって、『田所屋』の乗っ取りじゃありませんか。旦那さまもお節さんも丹次郎に騙されて……」

八十吉は焦《あせ》ったように、

「旦那さまはそんな丹次郎の腹の内をどこまでわかっているか」

と、呟いた。

「もし気づいていたら……」

俊太郎が厳しい顔になった。

「何か」

八十吉は驚いて俊太郎の顔を見つめた。

「『田所屋』に押し入るのはいつだ?」

「明後日です。その日の昼に最後の打ち合わせだと」

「そうか。八十吉、読めた」

「えっ？」

「よいか。軍次たちに言われたとおり動くのだ。あとは俺に任せろ」

「言われたままに『田所屋』に押し入るのですね」

八十吉はきいた。

「でも、そんなことをしたら……」

「心配ない。俺を信じろ」

「わかりました」

「その前に、どこかで山茶花を見るのだ。その気高く咲く姿を見つめるのだ。いいな」

「山茶花ですね」

何が読めたのか、俊太郎は言おうとしなかった。

だが、八十吉は俊太郎を信頼していた。すべてを任せようと思った。

第四章　門出

一

　翌日の朝、剣一郎は編笠《あみがさ》をかぶって太助と共に屋敷を出た。

　神田三河町にある荒物屋『益田屋』に着くと、奉公人の若い男が表戸を開けていた。太助が声をかけ、益吉を呼んでもらった。

　益吉が出てきた。剣一郎の顔を見て、微《かす》かに目が泳いだ。

「益吉、もう一度確かめる。先日の浪人は高山俊二郎どのではないとのことであったな」

　剣一郎は切りだす。

「は、はい」

「それに間違いはないか。思い違いをしているのではないかと思って、もう一度確かめにきた」

「思い違いなどでは」

「そなた、高山どのの左の二の腕にふたつ並んだ黒子《ほくろ》があったのを知っているか」

「………………」

「どうなんだ?」

「さあ、覚えていません」

「そうか。あの浪人にはある」

益吉に微かに狼狽《ろうばい》の色が窺《うかが》えた。

「そなたが勘違《かんちが》いしているかもしれない。すまないがもう一度、あの浪人を見てくれぬか。今度は顔を突き合わせてもらう」

「えっ」

益吉は息を呑《の》んだ。

「よければ、今からでも」

「お待ちください。私は……」

「あの浪人と顔を合わせればはっきりするのだ」

「………………」

「どうした？　それともあの浪人にここに来てもらってもいい」

「青柳さま。ここではお話も出来ません。どうか中に」

益吉は先日と同じ客間に、剣一郎と太助を通した。

向かい合ってから益吉は苦しそうな顔で、

「申し訳ありません。あのお方は高山俊二郎さまです」

と、打ち明けた。

「どうして否定した？」

「顔を合わせたくなかったからです」

「なぜだ？」

「昔仕《つか》えていたお方ですから」

「なぜだ、懐《なつ》かしくはなかったのか。それとも何か不義理でも働いたか」

「…………」

「高山どのはいかがわしい女を屋敷に連れ込んでいたことが問題になったのだ。だとしたら、中間だったそなたも、いっしょになっていかがわしい者たちと騒いだ。そのことがばれるのが……」

「違います」

ないか」

「わしは高山どのが、そのようなふしだらな振る舞いをするとは思っていない。何か、深い事情があったのではないかと。そのことをそなたは知っているのではないか」

「………」

「はっきり言おう。高山どのは濡《ぬ》れ衣《ぎぬ》を着せられたのではないか。そのことに加担したのがそなただ。もし顔を合わせたら、仕返しをされるかもしれない。だから、高山どのではないと嘘《うそ》をついた」

益吉は肩を落とした。

「さあ、ほんとうのことを言うのだ」

剣一郎は促《うなが》した。

「仰《おつしや》るとおりです」

益吉は顔を上げた。

「高山さまはそんなことはしていません」

「そんなことというのは、いかがわしい女を屋敷に連れ込んでいたことだな」

「そうです」

「では、なぜ、高山どのが御家断絶、士籍剝奪という処分を受けなければならなくなったのだ？」

「すべて、隣屋敷の竜崎大三郎さまがやったことです」

「竜崎大三郎どのが、自分の屋敷にいかがわしい女を連れ込んでいたというのか」

「そうです。高山さまは竜崎さまに注意をしていました」

「それが、どうして高山どのが罪を背負うことになったのだ？」

「竜崎さまの屋敷の中間に呼ばれ、竜崎さまに会いに行きました。そこで、女を連れ込んだのは高山俊二郎だと訴えるようにと、目の前に十両を置かれて頼まれたのです」

「では、よってたかって高山どのに罪をなすりつけたのか」

「はい」

「それにしても、竜崎どのはずいぶん金を持っていたな」

「自分の屋敷にいかがわしい女を連れ込み、侍や町人たちから金をとって乱れた酒宴を開いていたんです。それで金を稼《かせ》いで」

「組頭に賄賂《わいろ》を贈り、御番入りを願ったのか」

「そうです」

「しかし、いくら高山どのに罪をなすりつけようにも、高山どのは否定したはずだ。なぜ、竜崎どのの思惑《おもわく》どおりになったのか」

「そのあたりはわかりませんが、最後は高山さまはすべて諦《あきら》めたようです。何も反論はしなかったそうですから」

「そうか。で、そなたは高山どのに罪をかぶせる加担をしたことで得た金を、この店を作る元手にしたのだな」

「はい」

「良心は痛まなかったのか」

「疼《うず》きました。だから、ずっと気に病んでいました。でも、店を持ったおかげで女房をもらい、子どもまで授かったんです。中間のままでいたら、未だに渡り奉公を続けていくしかなかったはずです」

「高山どのは勘定奉行勝手方の役人のとき、不正に手を染めて処分され、小普請組に入れられたのだ。高山どののひととなりはいかがであったか。荒れていたか」

「いえ、もの静かでした。不正を働くようなお方には思えませんでした」

「どうしてそう思うのだ？」

「高山さまは冬になると、ときおり庭の山茶花《さざんか》を見つめていました」

「なに、山茶花を？」

「はい。こんな厳しい冬にも気高く咲き誇っている。見事だと思わぬか、と声をかけてくれたことがございます。そんな高山さまの姿のほうにこそ、私は気高さのようなものを感じました。そのとき、高山さまは不正に関わってないと確信しました。だから、高山さまを貶《おとし》めたことが刺《とげ》のように胸に突き刺さっていました。ですから、先日高山さまだとわかったとき、頭が真っ白になって」

益吉は最後は声を詰《つ》まらせた。

「よく話してくれた」

剣一郎は益吉を労《ねぎら》い、

「ところで、竜崎どのの屋敷で中間をしていた男とは、まだ付き合いがあるのか」

と、きいた。

「いえ、ありません。七年前に別れたきりです」

「その男の名は？」

「確か、梅助……」

「梅助か」

甘酒売りは竜崎大三郎の屋敷の中間だった男で、高山俊二郎をはめたひとりだったのか。

「梅助が何か」

「じつは、高山どのと思われる男が、甘酒売りの男と地回りの男が揉《も》めているところに行き合わせ、仲裁に入った」

剣一郎はそのときの説明をし、

「その半月後、地回りの男が殺され、甘酒売りの男が姿を晦《くら》ましている。そこで、甘酒売りの男に疑いが向いた。浪人に土下座をさせたことが許せなかったと、仲間に漏《も》らしていたことがわかった。引っ掛かるのは、浪人に土下座をさせたことが許せなかったたということだ」

「ひょっとして、甘酒売りの男は梅助」

「そうだ。梅助という名だ。竜崎どのの屋敷で中間だった男と同一人物であろう」

「わかるような気がします」

益吉が真顔で続けた。

「梅助も高山さまをはめた後ろめたさが消えずにいたのでしょう。助けに入った浪人が高山さまとわかり、どうしていいかわからなくなったのかもしれません。高山さまに合わせる顔がなくて、礼も言わずに逃げてしまった気持ちはよくわかります。それ以上に、土下座までさせられている姿が目に焼きついていたのでしょう。地回りの男が許せないと思うほど……」

「梅助がどこに逃げたか、見当はつくか」

「どこかの中間部屋に逃げ込んだのでは……」

「わかった」

「私はどうなるので？」

「七年前のことだ。高山どのがそのことで騒いでいるわけではない。今さら調べ直すのも無理だ。だが、いつか高山どのには詫《わ》びを入れることだ。そうでなければ、そなたも後ろめたさから逃れられぬ」

「はい」

益吉は深々と頭を下げた。

三河町から浜町堀沿いにある富沢町の高野俊太郎の長屋に出向いた。

腰高障子《こしだかしょうじ》を開けると、

「これは青柳さま」

と、俊太郎は傘《かさ》張りの内職の手を休めた。

「今、よいか」

「どうぞ」

剣一郎は腰から大刀を外し、上がり框《かまち》に腰を下ろした。太助はそばで立っている。

「甘酒売りと揉めていた地回りの茂造が殺された件だが」

剣一郎が切りだすと、俊太郎は黙って頷《うなず》く。

「まだはっきり断定は出来ぬが、茂造を殺したのは甘酒売りの男の可能性があるとのこと。だが、その男は今、姿を晦《くら》ましている」

「甘酒売りの男が？」

俊太郎は意外そうな顔をした。

「甘酒売りの男の名は梅助だ。そなたが仲立ちに入ったので、代金は手に入った。それなのになぜ、甘酒売りが茂造を殺さねばならなかったのかが不思議だ」

「さようで」

俊太郎は頷く。

「ところが、梅助は甘酒売りの仲間にこんなことを漏らしていたそうだ。あの浪人に土下座をさせたことが許せないと」

「土下座……」

俊太郎は首を傾《かし》げた。

「そなた、あの者に心当たりはないか」

「甘酒売りにですか」

「そうだ。もしかしたら、そなたは知っていたのではないかと思ってな」

「知りません」

「今でなくとも昔でも」

「昔……」

俊太郎は目を細めた。

「思い出せないか」

「はい」

「益吉という男を知らないか」

「益吉？」

俊太郎の表情が微かに動いた。

「知っているか」

「いえ」

「益吉は七年前まで、高山俊二郎どのの屋敷で中間をしていた男だ」

「…………」

「そして、梅助は竜崎大三郎どのの屋敷の中間だった」

剣一郎は俊太郎の顔を見つめ、

「じつは益吉にそなたの顔を確かめてもらった。最初は否定したが、再度確かめたところ、そなたを高山どのだと認めた」

「私は高野俊太郎……」

「もう高山どのであることを認めてもよいのでは？」

「…………」

「そなたのことは益吉から聞いた。竜崎大三郎どのの罪をそなたがかぶったそうではないか」

「青柳さま。どうか、私のことはこのままに」

俊太郎は哀願《あいがん》するように言う。

「なぜだ。なぜ、そなたは身の潔白を訴えようとしないのだ?」

「…………」

「高山どのが小普請組に入れられた原因となった不正事件について、中間としてそなたに仕えてきた益吉はこうも言っていた。高山さまは不正を働いていないと。どうしてそう思うのだときくと」

剣一郎は言葉を切り、間をとってから、

「そなたは庭の山茶花をよく眺めていたそうだな。益吉は、そんなそなたの姿を見ていて、山茶花より気高さのようなものを感じたと」

俊太郎は自分の顔に手をやった。

「益吉はそなたを無実の罪に追いやったことに、ずっと後ろめたさを抱《いだ》いていたそうだ。梅助も同じだろう。わしも勘定奉行勝手方の不正も小普請組時代のいかがわしい女の連れ込みも、そなたは関係ないと思っている。だが、不思議なのはそなたの態度だ」

剣一郎は俊太郎を睨《にら》みつけ、

「徹底的に無実を訴えた形跡がない。もちろん、やっていないことを訴えたであろう。しかし、途中で諦めてしまったのではないか」

「…………」

「また、だんまりか」

剣一郎は溜《た》め息をつき、

「梅助のことについては想像だけだから、わしも強く追及は出来ない。改めて出直すことにする」

そう言い、剣一郎は立ち上がった。

「青柳さま」

俊太郎が真剣な目を向けた。

「お願いがございます」

「なにか」

いよいよ告白する気になったかと思ったが、剣一郎の考えることとはまったく違う話だった。

二

翌日、朝四つ（午前十時）を過ぎて、八十吉は土間を出た。北風が吹いてきた。思わず、肩をすくめた。

隣の俊太郎の家の戸を開けて土間に入り、

「じゃあ、行ってきます」

と、声をかけた。

「言われたとおりに動くのだ。いいな」

俊太郎は、いつものように傘張りの内職をしていた。

「わかりました」

八十吉は富沢町を出て、浜町堀を渡って柳橋に向かった。

風は冷たく、陽差《ひざ》しも弱々しい。だが、歩いているうちに体が温かくなって、柳橋に着いたとき、わずかに汗をかいていた。緊張の汗かもしれない。

橋の袂《たもと》でしばらく待つうちに、また体が冷えてきた。軍次と又蔵がやっと現われた。

「待たせたな」

そう言い、ふたりは八十吉をこの前と同じ船宿に連れて行った。

二階の部屋で、政五郎が待っていた。

「八十吉、いよいよ今日だ」

政五郎が厳しい顔で言う。

「へえ」

「おめえの恨みを十分に晴らすのだ」

違う。仇《かたき》は丹次郎だと言いたかったが、八十吉は逆らわずに、

「へえ」

と、応じた。

「裏口の戸は間違いないな」

「今夜、開けてもらうように頼みます」

「忍び込むのは四つ半（午後十一時）だ。四つ（午後十時）過ぎに開けておいてもらえ」

「わかりました」

「入ったら真っ先に旦那の部屋に行く。場所はわかるな」

「わかります」

「よし。そのあとは俺たちに任せろ。何か気になることはあるか」

政五郎は鷹揚《おうよう》にきく。

「『田所屋』の旦那の弱みっていうのはだいじょうぶなんですか」

八十吉は確かめる。

「心配いらねえ」

「旦那の部屋に押し入ったら、若旦那の丹次郎が気づくかもしれませんぜ。丹次郎に騒がれたら……」

「その心配も無用だ」

「どうしてですか」

「ちゃんと手を打ってある」

政五郎は口元を歪《ゆが》めた。

「わかりました」

「じゃあ、さっそく裏口の手配をしてこい」

政五郎がせき立てた。

「万が一、手配がうまくいかなかったら、ここに知らせにくるのだ。だいじょうぶなら、今夜四つ半に『田所屋』の裏口で落ち合おう」

「へい」

「八十吉。昔の朋輩《ほうばい》に近づけるか。他の奉公人の目が気になるなら、俺が朋輩を呼び出してくるぜ」

軍次が口を出した。

「だいじょうぶだ」

「いや、何があるかわからねえ。軍次と又蔵がついていったほうがいい。ついていけ」

「へえ」

軍次は頷き、

「じゃあ、行こうじゃねえか」

と、腰を上げた。

八十吉は軍次と又蔵とともに、木挽町に向かった。

『田所屋』の前にやって来た。戸口から奉公人が出てくるが、亀吉ではなかった。

「おい、何をしている？」

軍次がきいた。

「まだ出てこない」

「俺が呼んでくる。誰だ？」

「いつも客を見送りに出てくるんだ。もう少し待っていれば」

しかし、亀吉はなかなか姿を現わさない。

「どうしたんだ？」

「もう少し待って」

八十吉は答えたあとで、はっとした。まさか、俊太郎がすでに『田所屋』に乗り込んで事情を話したのではないかと思った。だから、亀吉を外に出さないように……。

「あれも違うのか」

新しく出てきた奉公人を見て、軍次がいらだったように言う。

「違う」

「もういい。俺が呼んでくる」

軍次が『田所屋』の店先に向かおうとしたとき、

「出てきた」

と、八十吉が軍次を引き止めた。

「あの男か」

「そうだ。行ってくる」

八十吉は店先に向かった。客を見送った亀吉が八十吉に気づいて、こっちを見ていた。

「亀吉。今夜、裏口を開けてくれ。四つ過ぎだ」

「わかった」

「頼んだ」

怪しまれないように、八十吉は亀吉の脇をすり抜けて木挽橋のほうに向かった。

軍次と又蔵が追いかけてきた。

「どうだった？」

軍次がきいた。

「問題ない」

「よし」

軍次は満足そうに頷き、

「じゃあ、今夜四つ半（午後十一時）だ」

と言い、木挽橋を渡って行った。

八十吉は反対方向に歩きだした。前方に築地本願寺の大屋根が望めた。

武家地を抜けると、やがて築地本願寺の山門の前に出た。八十吉は山門をくぐった。

境内《けいだい》に入り、本堂ではなく、植込みのほうに足を向けた。落ちた葉を掃《は》いている年配の寺男がいた。

「もし」

八十吉は声をかけた。

「どこかに山茶花が咲いてますか」

「山茶花なら、この先にある」

寺男が箒《ほうき》を使って指した。

「ありがとうございます」

八十吉は植込みの中に入って行く。葉が赤く染まっていた。その先に黄色い花を咲かせた寒菊が目に飛びこむ。

　やがて、淡い紅色の花を見つけた。山茶花だ。美しい花で、確かに気品がある。しかし、八十吉には特別な花とは思えなかった。

　だが、俊太郎はこの花のようにありたいと思っているのだ。これから厳しい冬がやって来る。もっと寒いのだ。それでも、山茶花はこの気品を保って咲いていくのか。

「山茶花を見ているのか」

　声をかけられて振り返ると、さっきの寺男が立っていた。

「ええ」

　八十吉は答える。

「気品があるだろう。冬に咲く花は少ないが、山茶花は真冬でもこうやって堂々と咲いている」

　寺男は勝手に喋《しゃべ》りだす。

「ある厳冬のときだった。寒さを凌《しの》ぐ家もなく、俺は生きていくのが辛《つら》く、なにもかもがいやになった。首をくくろうとこの境内で適当な樹を探していたとき、ふと山茶花の花を見つけた。凍《い》てつくような寒さの中で、山茶花の花だけが咲いていた。どんな逆境の中でも気高く咲いている。その姿に勇気をもらった。苦しい毎日でも心は気高く、俺はもう一度やり直そうと思ったんだ。そんなとき、寺男の話が舞い込んだ」

「なぜ、そんな話を？」

八十吉は寺男の皺《しわ》の多い顔を見た。

「おまえさんの顔がとても苦しそうだったんでな」

「…………」

「ばかなことを考えちゃだめだぜ」

「へえ」

八十吉は深々と頭を下げた。


八十吉はいったん長屋に帰った。隣の俊太郎のところに行ったが、留守だった。

それから夜まで過ごし、四つ（午後十時）前に長屋を出た。俊太郎は戻っていなかった。『田所屋』の近くで見守っているのか。

凍てつくような寒さだ。星が輝いていた。八十吉は『田所屋』の裏口にやって来た。まだ、政五郎たちは来ていない。

裏口の戸を引いてみた。微かに軋《きし》みながら戸が開いた。八十吉は中に入り、戸を閉めた。庭の暗がりに身を潜《ひそ》めた。

母屋の明かりは消えていた。もう皆寝床に入っていることだろう。つい半年余り前まで、俺もここで暮らしていたんだと、八十吉は胸の奥から込み上げてくるものがあった。

俊太郎がどこかに潜んでいるような気がしたが、庭には気配はなかった。屋内にいるのだろうか。

風は凌げたが、体が冷えてきた。耳をそばだてた。外でひとの気配がした。八十吉はそっと戸を開け、様子を窺った。

人影が見えた。三人だ。軍次の姿がわかった。八十吉が顔を出すと、軍次が気づいた。

「入れます」

八十吉は政五郎に言う。

「よし」

政五郎が頷く。

裏口をくぐり、庭に入った。静かだった。

政五郎は母屋に向かい、雨戸の前に立った。軍次が匕首《あいくち》を取り出し、雨戸の敷居に刃先を押込み、雨戸を簡単に外した。

縁側に上がり、草履《ぞうり》を懐《ふところ》に仕舞って、政五郎たちは障子を開けた。誰もいない暗い部屋に入り、突き当たりの部屋に向かった。

政五郎たちの動きに迷いはない。八十吉はおやっと思った。まるで、家の中の様子がわかっているかのようだった。

軍次が突き当たりの部屋の襖《ふすま》を開けた。行灯《あんどん》の明かりがさっと漏れた。主人の勘十郎夫婦の寝間だ。

あっと、軍次が声を上げた。

部屋の真ん中に勘十郎が座っていたからだ。

「何者だ」

勘十郎が立ち上がって誰何《すいか》した。

「どうして?」

軍次が驚いてきく。

「八十吉、おまえに代わって復讐をしてやる」

政五郎が匕首を構え、勘十郎に向かおうとした。八十吉がその前に立ちふさがった。

「何をするんだ」

「八十吉、どけ」

「話が違う」

八十吉が怒鳴《どな》る。

「誰に頼まれた？」

勘十郎が問い質《ただ》す。

「殺《や》ってしまえ」

政五郎がかっとなった。そのとき、

「待て」

襖が開いて、侍が現われた。俊太郎ではなかった。南町与力の青柳剣一郎を、八十吉は夢の中にいるような思いで見ていた。

隣の部屋から飛び出し、剣一郎は三人の賊《ぞく》の前に立ちはだかった。

「青痣《あおあざ》与力……」

政五郎が叫んだ。

「そなたが政五郎か。そして、軍次に又蔵」

剣一郎は三人をねめまわした。

「八十吉。裏切りやがったな」

政五郎が呻《うめ》くように吐《は》き捨てた。八十吉はびくっとした。

「騙《だま》したのはそっちだ。最初から旦那さまを殺すつもりだったんだ」

八十吉は言い返す。

「政五郎。誰に頼まれたのか言うのだ」

「うるせえ」

政五郎は匕首を振り回した。

剣一郎は身をかわし、相手の腕を摑《つか》んでひねり上げて投げ飛ばした。政五郎は一回転して背中から落ちた。

太助が素早く政五郎が落とした匕首を拾う。

軍次と又蔵は匕首を構えたまま、あとずさった。

剣一郎は政五郎を押さえつけ、

「おまえたち、刃物を捨てるのだ」

と、ふたりに命じた。

「捨てるのだ」

剣一郎は一喝《いっかつ》する。

軍次と又蔵は匕首を放った。

「太助。匕首を拾え」

剣一郎は太助に言う。

「はい」

太助は匕首を拾った。

剣一郎は政五郎を締《し》め上げ、

「誰に頼まれた。さあ、言うのだ」

「そこの八十吉に頼まれ、『田所屋』の旦那に復讐を」

政五郎が言うと、

「でたらめだ。最初から俺を騙していたんだ」

八十吉が叫ぶ。

「うるせえ。おめえのためにやったんじゃねえか」

政五郎は八十吉に怒鳴った。

「殺しなど知らない」

八十吉は訴える。そこで剣一郎は、

「誰かに頼まれ、『田所屋』の主人を殺そうとしたのではないか。その罪を八十吉になすりつけようとしたのだ。違うか」

「違う。八十吉のためだ」

「なぜ、八十吉に肩入れをした?」

「可哀そうだからだ」

「八十吉のことをどうして知った?」

「噂《うわさ》だ」

「押込みをし、有無を言わさず主人を殺して金を奪うつもりだったか。屋敷に侵入するために、八十吉を利用したということか」

「違う」

「まだ、しらを切る気か」

剣一郎は呆《あき》れたように言い、

「仕方ない、このまましばらく待とう」

と、言った。

剣一郎は俊太郎から相談を受けたあと、ただちに太助を『田所屋』に走らせ、勘十郎を近くの自身番に連れ出した。

そこで、俊太郎から聞いた話をし、黒幕をあぶり出し、真相を暴くために賊を押し入らせることにしたのだ。剣一郎と太助は『田所屋』にもぐり込み、政五郎たちを待った。

勘十郎は別の部屋に逃れ、この部屋にいるのは剣一郎と太助、そして八十吉に政五郎たちだ。

それから四半刻（三十分）後、廊下に足音が聞こえてきた。

襖を開け、長身の男が入ってきた。

「あっ」

男は悲鳴を上げ、

「なんだ、これは」

と、声を震わせた。

「丹次郎だな。南町与力の青柳剣一郎である」

剣一郎は名乗り、

「この者たちは勘十郎どのを殺そうとして押し入った。この者たちを知っているか」

「知りません」

丹次郎は厳しい顔で言う。

「やはりおまえは押込みの罪で裁かれるか」

剣一郎は政五郎に言い、

「おまえたちも獄門だ」

と、軍次と又蔵を見た。

「待ってくれ」

軍次が叫んだ。

「俺たちは押込みじゃねえ。『田所屋』の主人を殺す手伝いを頼まれただけだ」

「軍次。よけいなことを言うんじゃねえ」

政五郎が叱りつけた。

「政五郎、何がよけいなことだ」

剣一郎が言う。

「軍次に又蔵。他人の罪をかぶって死罪になっていいのか。いいか、今なら死罪は免れるかもしれぬ」

「丹次郎だ。この男に頼まれたんだ」

軍次は丹次郎を指差した。

「きさま、でたらめを」

丹次郎が眦《まなじり》をつり上げた。

「でたらめじゃねえ」

又蔵も口を開いた。

「外に女と子どもがいることを知られて、このままなら『田所屋』を追い出されるかもしれない。だから、その前に旦那を殺るんだと言っていたじゃねえか」

「いい加減なことを」

「又蔵。今のことに間違いないか」

剣一郎は又蔵にきく。

「間違いありません」

「政五郎、どうだ？」

剣一郎は政五郎の顔を見た。

「………」

「政兄い。ほんとうのことを言ってくれ。千両で殺しを請《う》け負ったんじゃないのか」

「又蔵、詳しい計画を話してみろ」

剣一郎は促す。

「へい。八十吉には『田所屋』の旦那から償い金を出させると偽り、実際は八十吉の仕業《しわざ》にみせかけて旦那を殺し、あとで八十吉が罪を悔いて自ら死んだように首吊りをさせて殺すと……」

「又蔵。よけいなことを言うな」

政五郎が鋭い声を出した。

「政兄い、言わせてもらうぜ。俺たちが渋っていたのを、俺が殺るからおまえたちは手を貸せばいいって」

又蔵が言う。

「丹次郎が手なずけている岡っ引きの甚助がいるから、絶対にうまくいくと言っていたじゃねえか」

軍次もむきになって言う。

「岡っ引きの甚助も仲間か」

「いえ。ただ、日頃金を渡しているから丹次郎の言い分を信用すると言ってました」

「丹次郎。どうだ？」

「違う。嘘だ」

「太助、勘十郎どのを呼んでくるのだ」

「へい」

太助は部屋を出ていき、すぐ勘十郎を連れてきた。

「ちょっと訊《たず》ねるが、そなたは丹次郎のことをどう見ていた？」

剣一郎はきく。勘十郎は、

「私も娘も丹次郎に騙されました。女がいて子どもまでいるのを隠して婿《むこ》に入ってきたのです。だから、娘と離縁させるところでした」

「丹次郎。そのほうはこのことを知っていたな。だからその前に勘十郎を亡きものにしようと、今回のことを企《たくら》んだ。違うか」

「丹次郎、おまえという奴はどこまで心根が腐っているのだ」

「みんなでたらめだ」

丹次郎は喚《わめ》くように言う。

「政五郎、どうだ？　おまえはこの男と心中する気か」

「…………」

政五郎は口をわななかせていたが、

「恐れ入りました。千両で、『田所屋』の主人と八十吉殺しを引き受けました」

と、認めた。

「丹次郎。もはや観念するしかあるまい」

やがて、丹次郎はその場にくずおれた。

三

雨模様の寒々とした日だった。

剣一郎は小川町の小普請組支配波多野善行の屋敷を訪れた。昨日、波多野の使いがきて、今日の夕方を指定してきたのだ。

玄関で用人に迎えられて、剣一郎は客間に通された。部屋の真ん中に手焙《てあぶ》りが置いてあったが、広い客間は冷え冷えとしていた。

手焙りに手をかざしていると、襖が開き、波多野善行が入ってきた。

剣一郎は低頭して迎えた。

いつもの穏やかな目ではなく、刃のような鋭い眼光だった。

「柏木啓次郎から話は聞いた」

波多野は口を開いた。

「高山俊二郎の居場所がわかったそうだな」

「はい、わかりました。ただ、本人は高山俊二郎であることを認めていません」

「やましいことがあるからか」

「理由はわかりません」

「どこにいる?」

「高野俊太郎と名乗り、ある長屋で暮らしています」

「どこだ?」

「その前に、お聞きください。牧友太郎どのと水沢辰之進どのが斬られた件についてです」

剣一郎は厳しい顔になって、

「高山俊二郎どのの仕業とするには腑《ふ》に落ちないことがあるのです」

「啓次郎を疑っているそうだな」

波多野は敵意ある目を向けた。

「柏木どのに疑いの目を向けたのは、水沢どのの斬られた状況からです。もちろん、証拠があるわけではありません。ただ、水沢どのも牧どのも油断しているところを襲われたのです。賊が高山どのであれば、おふたりは警戒していたはずです。まったく警戒しない相手となると柏木どのかと」

剣一郎は静かな口調で話した。

「啓次郎にふたりを殺す理由はない」

波多野は強い声で言った。

「はい。ありますまい」

剣一郎も同調する。

「だとすれば、わしが命じたということになるな」

「そういう考えも出来ます」

剣一郎は気兼ねせず言い切った。

「なに？」

波多野は顔色を変えた。

「そなた、本気で言っているのか」

「絶対とは言い切れません」

「では、聞こう。なぜ、わしがふたりを殺さねばならぬのか」

波多野の目が鈍《にぶ》く光った。

「十年前の不正事件」

「あれは高山の仕業だ」

「それが違っていたらどうでしょうか」

剣一郎は波多野の目を見つめた。普段のやさしい目ではなかった。

「その根拠は？」

「高山どのの人柄でしょうか」

「そんなものが当てになるか」

波多野は冷笑を浮かべた。

「仰るとおりです。何の証拠にもなりません。今さら、十年前の不正事件を洗い直すことは不可能です」

「そもそも洗い直すことなど不要だ」

「十年前の不正事件を持ちだされたのは波多野さまです。不正の当事者の高山どのが十年経《た》って逆恨みから復讐をしているという話でした。それにしても、十年後の復讐が腑に落ちません」

「そなたには高山俊二郎を捜して欲しいと頼んでいただけだ」

「波多野さま自身も復讐の標的にされているということでしたが？」

「そうだ。小普請組組頭が高山らしき浪人が江戸に戻っていると知らせてくれたのだ。その矢先に、牧が闇討《やみう》ちに遭《あ》った。続けて、水沢も。このふたりは高山の不正を暴いたのだ。つまり、高山はこのふたりによって小普請組に入れられたのだ」

波多野は激しい口調になった。

「高山どのは小普請組のとき、いかがわしい女を屋敷に連れ込んでいたということから御家断絶、士籍剝奪となったということでした。この件は当時の中間が話してくれました。濡れ衣だったと」

剣一郎は静かに言う。

「だからといって、勘定奉行勝手方の不正も濡れ衣とは言えまい」

「はい。しかし、私は濡れ衣だったと思っています」

「想像でしかない話だな」

「はい。私はある想像をしました」

剣一郎は鋭く波多野を見つめ、

「十年前の勘定奉行勝手方の不正事件は逆だったのではないでしょうか」

と、切りだした。

「逆?」

「はい。つまり、高山どのが不正を働いたのではなく、牧どのと水沢どのの不正を高山どのが見つけ、当時勘定組頭だった波多野さまに訴えた……」

「ばかばかしい」

波多野は嘲笑《ちょうしょう》し、

「それだったら、牧と水沢が罪に問われている」

「波多野さまもぐるだったとしたら」

「無礼な」

波多野は気色《けしき》ばんだ。

「失礼しました。これはあくまで想像です。私の想像をお聞き願えませんか」

剣一郎は低頭して言う。

「なんだ?」

「当時、勘定奉行勝手方で大がかりな不正が行なわれようとしていた。それをよしとしない高山どのが表沙汰にしようとしたのでは。そのために不正は不発に終わった。すると、今度は牧どのと水沢どのが高山どのを罠《わな》にはめて、勘定奉行勝手方から追い出した……」

「くだらない」

「しかし、こういうことであれば、高山どのがおふたりに恨みを抱くのはわかります。さらに、それを命じたのが組頭の波多野さまであれば、高山どのの復讐の相手に波多野さまもなりえましょう」

剣一郎は間を置き、

「波多野さまはあのあと、勘定吟味役に栄進しています。勘定奉行勝手方の不正に目を光らせるお役目。勘定組頭の中から抜擢《ばってき》されるそうですね」

と、確かめるようにきく。

「うむ」

「勘定吟味役になればさらに出世が約束される。事実、その後、波多野さまは順調に昇進していかれました」

「………」

波多野は何か言いたそうだったが、すぐ口を閉ざした。

「すべては、勘定組頭から吟味役に抜擢されたことで、波多野さまの道が開けたといっても過言ではありません」

波多野の目を見つめ、

「もし、組頭の波多野さまが勘定奉行勝手方の不正に関わっていたことが知られれば、勘定吟味役への抜擢はなかったでしょう」

「そうだ。しかし、わしは不正には関わっていない」

「もし明るみに出なかっただけだとしたら。その不正の事実を知っているのが牧どのと水沢どののふたりだとしたら」

「ばかばかしい」

「お聞きください。あくまでも想像です」

そう言い、剣一郎は続けた。

「波多野さまにとっては、ふたりには口を閉ざしてもらわねばならない。それで、ある約束をした」

「………」

「自分が出世したときにはふたりを引き上げると。ふたりはその約束を信じて十年間待った」

「ばかを言うな」

波多野は吐き捨てた。

「波多野さまは今度、勘定奉行になられるという噂があるそうですね」

「噂だ」

「その噂を聞き付けた牧どのと水沢どのが波多野さまに会いにきて、勘定奉行になった暁《あかつき》には、我らを勘定組頭にと頼んだのではありませんか。もし、それがなされなければ、十年前の不正事件の真相を公《おおやけ》にすると暗に脅《おど》した……」

「よく考えたものだ」

波多野は口元を歪め、

「ふたりが十年前の不正事件の真相を公にすると脅したというが、そんなことをしたらふたりも罪に問われる」

「それだけの覚悟を見せたということでしょう。波多野さまは自分の生殺与奪《せいさつよだつ》の権を握られていると思うと、ふたりに脅威を感じた。それに、そんなふたりがいたのでは、勘定奉行になったとき、何かとやりづらい。そこで思い出したのが、高山どのが江戸に戻っているらしいという話」

「もういい。そなたの想像を聞いていても仕方ない」

「申し訳ありません」

「それより、高山の居場所を教えよ」

波多野は強い口調で言う。

「どうなさるおつもりで？」

「会ってみる。会えば、その者が高山俊二郎であるかどうかはっきりする。その上で、牧と水沢を殺ったのかどうかを問い質《ただ》す」

「ひとつだけお願いが」

「なんだ？」

「私も同席させていただけますか」

「同席とな？」

波多野は眉根《まゆね》を寄せたが、

「いいだろう」

と、同席を認めた。


剣一郎は小川町の波多野善行の屋敷を出た。

いまにも雨が降り出しそうだ。厚い雲が重くのしかかっている。剣一郎は小川町から鎌倉河岸《かまくらがし》に出て、お濠《ほり》に沿って一石橋《いちこくばし》のほうに向かった。

雨模様のせいか、人通りが少ない。屋敷を出たときからつけてくる者がいた。

本石町一丁目《ほんこくちょう》辺りに差しかかったとき、背後に地を蹴《け》る足音がした。

「向こうへ」

剣一郎は草履取りの男を脇に逃がした。

背後から凄《すさ》まじい殺気が迫った。剣一郎は振り向きながら抜刀し、襲ってきた剣を弾《はじ》いた。続けざまに、浪人が斬りつけてきた。剣一郎はあとずさって攻撃を避けた。その浪人の他にふたりいた。

体の大きな浪人が三人、抜き身を下げて剣一郎を囲んだ。三人とも顔を布でおおっている。

「何者だ」

剣一郎は誰何した。

浪人は無言で三方から迫ってきた。剣一郎は真ん中の浪人に切っ先を向けて正眼に構えながら、左右の敵に目を配った。

右からつつっと浪人が脇構えから迫った。と、同時に左からも敵が襲ってきた。剣一郎は右の敵に剣を向けて牽制《けんせい》するや、素早く左からの敵に向かって剣を振り下ろした。敵はあわてて横っ跳びに逃れた。

すると、右の敵が斬り込んできた。その剣を弾き返したが、敵は続けざまに剣を振り下ろしてきた。その攻撃を跳ね返すと、再び左手の浪人が猛然と突っ込んできた。剣一郎は待ち構え、目の前に迫った剣をはね上げると、すぐさま足を踏み込んで相手の二の腕に斬りつけた。相手は腕を押さえて呻いた。

正面にいた浪人が正眼に構え、じわじわと間合を詰めてきた。剣一郎も正眼に構えをとり、相手が仕掛けてくるのを待った。

だが、相手の動きが止まった。

「どうした、かかってこないのか」

剣一郎は声をかける。

斬り込めないようだ。相手は冷や汗をかいていた。

「こなければ、こっちからいく」

剣一郎は敵に迫った。その勢いに押され、浪人はあとずさった。戦意を喪失している。

そのとき、背後で足音がした。ふたりが逃げ出した。

「そなたは逃がさぬ」

剣一郎は浪人の眼前に切っ先を突き付けた。

「なぜ、襲った?」

「………」

浪人は顔をそむけた。

「言わぬか」

「………」

浪人は苦しそうに息をついた。

「南町与力と知って襲ったのなら、罪は重いぞ」

剣一郎は切っ先を向けて問いつめる。

「誰に頼まれた？」

「二十七、八の侍だ。名前は知らない」

ようやく、浪人は答えた。

柏木啓次郎だと思った。

「いくらもらった？」

「一両ずつ」

そのとき、駆けてくる足音が聞こえた。

「よいか。二度と、ひとを襲うような依頼を受けるではない。行け」

浪人は軽く頭を下げ、鎌倉河岸のほうに逃げていった。

近くの自身番から、町役人が草履取りの男といっしょに駆け付けてきた。すでに浪人たちは姿を消していた。

四

雨が降り出してきた。雨粒が軒《のき》を打つ音が聞こえる。八十吉は大番屋で丹次郎や政五郎たちと共に取り調べを受け、ようやく解放されて高野俊太郎の部屋にやって来た。

「おかげで無事にすみました」

八十吉は俊太郎に礼を言った。

「俺は青柳さまにお頼みしただけだ。なにもしていない」

「いえ。それでも高野さまのおかげです。あっしも丹次郎の罠にまんまと騙されるところでした」

「で、『田所屋』からは感謝されたか」

「いえ、特には」

「なに、感謝されなかったのか」

「礼を言ってくれましたけど。でも、いいんです。あっしに礼どころじゃないでしょうから。なにしろ、店から縄付きを出したんですから。それも若旦那が。それでも、丹次郎を店から追い出すことが出来て、旦那さまも安心したでしょうが」

「それでいいのか」

「はい。不思議ですね。以前でしたら、『田所屋』の対応に不満を持ったでしょうが、今はそんな気はありません。それに、これで気持ちの整理がつきました。今までは常に『田所屋』のことが頭の隅にあったんですが、今はそれもありません。これで、やっと新しい人生を踏み出せます」

「そうか」

俊太郎は感心したように言う。

「たぶん、山茶花のおかげですよ」

「山茶花？」

「ええ。あっしもどんな困難に遭っても、山茶花のように気高く生きようと……」

「そうか。で、これからどうするんだ？　また紙屑《かみくず》買いでもやるのか」

「常七さんがいないんで……。どっちみち行商をするしかないけど」

「そうか。誰にも恥じないような生き方をしていれば、いつか芽が出る。そなたを引き立ててくれる者が必ず現われる」

「へえ、肝《きも》に銘《めい》じておきます」

八十吉は言ってから、

「高野さまは夕餉《ゆうげ》は？」

と、きいた。

「冷や飯が残っている」

「『赤鬼屋』に行きませんか。じつは政五郎からもらった小遣いがまだ残っているんです。青柳さまに相談したら、とっておけと」

八十吉は誘った。

「この雨の中を出かけるのもおっくうだ。そなたひとりで行ってこい」

「そうですか。じゃあ、行ってきます」

八十吉はいったん自分の部屋に駆け込み、唐傘《からかさ》を持って家を出た。

木戸口に行くと、傘を差した若い男が木戸を見あげていた。木戸に長屋の住人の千社札《せんじゃふだ》が貼ってある。

八十吉はおやっと思った。どこかで見たような体型だからだ。

男が傘を持ち替えたとき、顔が見えた。

「亀吉じゃないか」

驚いて、八十吉は声をかけた。

「あっ、八十吉」

亀吉がほっとしたように、

「おまえのところに行くところだったんだ」

と、言った。

「何かあったのか」

「旦那さまに頼まれて」

「旦那さま？　まあ、俺のところに行こう」

八十吉は路地を引き返した。

亀吉を家の中に招じ、行灯の明かりをつけ、火鉢に火を熾《おこ》した。

部屋で火鉢を真ん中にふたりは向き合った。

「旦那さまが話があるそうだ。明日、店に来てくれないか」

亀吉が言った。

「話ってなんだ？　礼でもしようって言うのか」

償い金の話をしたから、改めて金を出そうという気になったのか。しかし、軍次の誘いに乗って償い金を出させようとしたのも事実だ。その負い目もある。だから、礼をしてもらうわけにはいかない。

「来てくれるな」

「いや」

「えっ？」

「もう『田所屋』になんのわだかまりもないんだ。俺はやっと前向きに人生をやり直す気持ちになれた。だから、旦那さまにそう言っておくれ」

「それは困る」

亀吉は泣きそうな声で、

「ともかく、来てくれ。そうじゃないと俺の立場がなくなる」

と、哀願した。

「亀吉が困ることはしたくない。わかった。顔を出す」

「よかった。じゃあ、俺はこれで」

「もう帰るのか。居酒屋に行くところだったんだ。少し、呑んでいかないか」

「番頭さんに睨まれるからな」

亀吉は苦笑して立ち上がった。

「そこまで送っていこう」

八十吉は亀吉といっしょに土間を出た。


翌朝、八十吉は木挽町の『田所屋』に赴《おもむ》いた。大戸は開いていたが、まだ暖簾《のれん》はかかっておらず、奉公人たちは店の掃除をしていた。

亀吉が、めざとく八十吉に気づいて飛んできた。

「八十吉、よく来た。さあ、こっちだ」

亀吉は、八十吉を店座敷の近くにある小部屋に通し、

「今、旦那さまを呼んでくる」

と、出ていった。

待つほどのことなく、勘十郎がやって来た。

八十吉は頭を下げて迎えた。

勘十郎は向かいに腰を下ろすなり、

「八十吉、今回のことでは世話になった。おまえのおかげで『田所屋』は助かっ

た」

「とんでもない」

「それより、おまえに謝らなければならない。丹次郎の口車に乗って、おまえを追い出した私が浅はかだった。お幸って女に簡単に騙されてしまった。なんと詫《わ》びていいかわからない。このとおりだ」

勘十郎は頭を下げた。

「旦那さま、いけません。お顔を上げてください。それに」

八十吉は思い切って続けた。

「私も、政五郎たちにそそのかされ、ここに押し入ろうとしたのです。私のほうこそ、お詫びをしなければなりません」

八十吉は素直に自分の過ちを詫びた。

「それもみな私がいけなかったのだ。丹次郎を婿に迎えれば、『田所屋』にとっても大きな得になる。そのほうに気持ちが傾き、まんまと騙されてしまった」

「旦那さま、もう済んだことです。私に気遣《きづか》いはいりません。それより、お節さんが心配です。自分の亭主に裏切られていたんですから」

八十吉は丹次郎に怒りをぶつけた。

「その心配はいらない。私が強引に丹次郎と結びつけただけで、もともと丹次郎に対して思い入れがあったわけではない」

「………」

「八十吉、おまえはこれからどうするのだ？」

「ええ、まだ若いんです。これからなんでも出来ます」

「商売をはじめるのなら元手を出そう。考えてみれば、おまえに償い金を出すのが当たり前だった。遅くなってしまったが、出させてくれないか」

「ありがたいことでございますが、遠慮させていただきます。私は誰にも頼らず、自分のこの手で人生を切り開いていきたいと思っています」

誰の力も借りずに店を持ったほうが思い入れも強く、それだけいい店にしようという情熱が湧《わ》くはずだと、八十吉は思っている。

「そうか」

勘十郎は頷き、

「ところで、これからが本題なのだが」

と、居住まいを正した。

「はい」

八十吉も畏《かしこ》まった。

「『田所屋』に戻ってきてくれないか」

「えっ？」

「このとおりだ。また、『田所屋』のために働いてもらいたい」

勘十郎は今度はさらに深々と頭を下げた。

「旦那さま。ありがとうございます」

八十吉は深呼吸をし、

「お言葉はありがたく頂戴いたします。ですが、私は新しい生き方を見つけました。どんなに貧しく、苦しい暮らしであっても、気高く生きていきたいのです」

「だめか」

勘十郎は落胆したように肩を落とした。

「申し訳ありません」

八十吉は頭を下げた。

剣一郎は大番屋に出向いた。

戸を開けて土間に入ると、京之進が三十五、六歳の男を取り調べていた。

「青柳さま」

京之進は剣一郎に顔を向け、

「甘酒売りの梅助です。地回りの茂造を殺したことを認めました。やはり、浪人を土下座させたことに怒りが込み上げてきたとのことです」

「いいか」

「どうぞ」

剣一郎は京之進に代わって、莚《むしろ》の上に座っている男の前に立った。

「梅助か」

「へい」

「そなた、仲裁に入った浪人を知っていたのだな」

「はい」

「どういう間柄だ？」

「あっしは七年前まで小普請組の竜崎大三郎さまの屋敷で中間をしていました。隣の屋敷に住んでいたのが高山俊二郎さまで、あの浪人は高山さまでした」

「なぜ、高山俊二郎どのを土下座させた男が許せなかったのだ？」

「それは……」

「益吉という男を知っているな」

「益吉？」

「高山どのの屋敷にいた中間だ」

「へえ、知っています」

「高山どのはいかがわしい女を屋敷に連れ込んでいたということから、御家断絶、士籍剝奪となった。この経緯を知っているな」

「へい、知っています。あっしと益吉が竜崎さまに頼まれて嘘をついたために……」

梅助は悔いるように言った。

「高山どのが土下座させられたことが許せなかったのは、自分が罪に陥《おとしい》れたという良心の呵責《かしやく》からか」

「それもありますが、高山さまはあんなにひどいことをされたっていうのに、あっしたちを恨んだりしなかったんです」

「どういうことだ？」

「高山さまが屋敷を去る日、あっしは罪の意識に苛《さいな》まれて、高山さまの前で土下座をしてほんとうのことを話したんです。そしたら、高山さまは、自分につけいられる隙《すき》があったからで、おまえが苦しむことはないって。そう言って、見逃してくれました」

「見逃した……」

剣一郎は首を傾げた。

「組頭の取り調べでも、竜崎さまやあっしたちの嘘をあまり訴えなかったようです。だから、ますます申し訳ない気持ちになっていたんです。それから七年経って、あんな形で再会するなんて。もっとも、あっしが隣屋敷の中間だったことを高山さまは覚えていなかったようですが」

「その騒ぎのとき、助けてもらったのに礼も言わずに姿を晦ましたのは、高山どのに合わせる顔がなかったからだな」

「それもありますが、高山さまに土下座をさせた男がどうしても許せなくて、殺してやろうと思ったので」

「迷惑をかけないように顔を合わせなかったと?」

「はい」

「竜崎どのは御番入りをしたそうだな?」

「はい、御徒組に。その際に、中間はお払い箱になりました」

「秘密を知っている者は不要というわけか」

「そうだと思います。でも、あっしは謝礼を手にしましたから」

「わかった」

剣一郎は梅助の前を離れ、

「これで高野俊太郎のことがわかった」

と、京之進に告げた。


剣一郎は、富沢町の高野俊太郎の長屋を訪れた。

俊太郎は辺りを片付け、上がり框まで出てきた。

「青柳さま」

「このたびは、いろいろありがとうございました」

「いや。そなたが八十吉のことを見守っていたからだ。事件を未然に防いだだけでなく、黒幕の捕縛まで出来たのも、そなたのおかげだ。礼を申す」

「恐れ入ります」

「八十吉も山茶花のようにありたいという、そなたの言葉に影響を受けたようだな」

剣一郎はそう言い、

「わしも、庭の山茶花の花を見つめてみた。厳しい寒さの中に気高く咲く花は、確かに人生を教えてくれるかもしれない。不遇なとき、困難に直面したとき、山茶花の花に勇気をもらえる。そなたが感じた思いは、八十吉にも伝わったのであろう」

「そのような大仰《おおぎょう》なものでは……」

「ああ、決して大仰ではない。だが、そなたは山茶花の花の気高さの意味がわかっていない」

「どういうことでしょうか」

俊太郎は眉根を寄せた。

「その前に、伝えておくことがある。甘酒売りの梅助が地回りの男を殺した疑いで捕縛された。動機は、そなたを土下座させたことが許せなかったそうだ」

「………」

「そなたは、甘酒売りがあとで仕返しされることを恐れ、地回りの男を刺激しないように言われたままに土下座をしたということであったな。だが、そのことが裏目に出た。そなたが土下座をしたために、梅助が地回りの男に怒りを抱いたのだ」

　俊太郎の表情が強張《こわば》った。

「梅助は七年前まで小普請組の竜崎大三郎どのの屋敷で中間をしていた男だ。竜崎どのに金で頼まれ、隣屋敷の高山俊二郎を貶めたことに良心の呵責があったそうだ。梅助はそなたを高山俊二郎と認めたのだ」

「………」

「この事実を知って、そなたはどう思うか。それでも、自分が甘んじて土下座をしたことが正しかったと思うか。梅助を人殺しにしてしまったのは、そなたかもしれぬ」

　俊太郎ははっとしたように口を半開きにした。

「さっきの話の続きだ。山茶花の花の気高さの意味だ。なぜ、気高いのだ。厳しい冬の寒さに負けず美しく咲いているからか。その花から読み取れるのは勇気だけではない。それは真実だ」

「真実？」

「そうだ。気高く美しいのは偽りがないからだ。そなたは山茶花のようにありたいと言っていたようだが、真《まこと》を生きるという肝心《かんじん》なことを見逃している。そのことを除《よ》けて、山茶花のように生きている自分に満足しているのか。いや、真実が欠如したそなたの生き方は、山茶花に似て非なるもの」

剣一郎は手厳しく言い放ち、

「それとも、自分が偽りの生き方をしているという自覚があるのか。だから、あえて山茶花のようにありたいと自分に言い聞かせているのか」

と、続けた。

「青柳さま」

俊太郎は苦しそうに顔を歪め、何か言いかけたが言葉にならなかった。

「そなたが己の利のために偽り続けているとは思っていない。だが、仮にひとのためだったとしても」

剣一郎は追い打ちをかけるように言った。

「自分を偽っている者に山茶花の気高さはない」

「…………」

「よいか。そなたに非があるわけではないが、そなたに関わるような形で牧友太郎どのと水沢辰之進どののふたりが暗殺されているのだ。そなたが真実を語らねば、下手人を捕らえることは出来ぬ」

俊太郎は肩を落とした。

「明日、波多野善行さまの屋敷に付き合ってもらいたい」

「波多野さまの屋敷？」

「そうだ。波多野さまに直《じか》に会えば、そなたが高山俊二郎どののかどうかはっきりし、そして牧どのと水沢どののふたりを殺した下手人も明らかになろう。しかし、危険が待ち構えているかもしれぬ」

剣一郎は立ち上がって、

「明日の朝四つ（午前十時）、鎌倉河岸の先の神田橋御門の近くで待っている。来るか来ぬかはそなた次第。邪魔した」

戸を開けたとき、八十吉が立っていた。

「青柳さま」

「引き上げるところだ。さあ、入れ」

八十吉と入れ違いになって、剣一郎は長屋を後にした。

五

北風が強く吹きつけてくる。行き交うひとも背中を丸めて足早に過ぎて行く。

俊太郎は必ず来ると信じていた。剣一郎はお濠のそばに立って、鎌倉河岸のほうを見た。すると、浪人らしき侍がやって来るのが目に入った。

「来てくれたか」

「はい」

「危険かもしれぬ」

「覚悟の上です」

「よし」

剣一郎と俊太郎は、小川町の波多野善行の屋敷を目指した。

四半刻（三十分）後に、ふたりは波多野の屋敷の客間にいた。

襖がさっと開き、波多野善行が入ってきた。剣一郎と俊太郎は低頭した。

波多野は腰を下ろすなり、俊太郎を見て口を開いた。

「高山俊二郎、久しぶりだの」

「はっ」

俊太郎こと俊二郎は応じた。

「この者はまぎれもなく、十年前に勘定奉行勝手方にいた高山俊二郎だ」

「波多野さまの言では、十年前に不正を働き、小普請組に編入させられたとのこと。間違いはございませぬでしょうか」

剣一郎は波多野にきいた。

すぐには返事がなかった。

「いかがでしょうか」

「間違いない」

「高山俊二郎どの。波多野さまはあのように仰っておられるが」

「恐れながら、私は不正には加担しておりませぬ」

俊二郎ははっきり否定した。

「材木問屋の番頭が白状している」

「あの男は牧友太郎と水沢辰之進が波多野さまの命令で用意した男。材木問屋の番頭ではなく、金で雇われた男」

俊二郎は訴えた。

「そう言っていたのはそなたただけだった」

「はい。あのとき、誰も私の言い分に耳を傾けてくれませんでした」

「なぜ、高山どのがそんな目に遭ったのですか」

剣一郎は口をはさんだ。

「牧と水沢のふたりが不正を働いていたのを、組頭の波多野さまに訴えました。ところが、波多野さまが不正を指示して……」

「そなたの処分を軽くするように働きかけたのはわしだ」

「気が咎《とが》めたのではありませんか」

俊二郎は異を唱えた。すると波多野は、

「そなたはその逆恨みで牧と水沢を闇討ちにし、さらにわしを襲おうとしたのではないか」

「お待ちください」

剣一郎は強い口調で制した。

「波多野さまは、どうして高山どのが復讐をしようとしているとお考えになったのでしょうか」

「十年前のことがあるからだ」

「逆恨みではなく、本気で恨んでいると思ったからですか」

「…………」

「波多野さまは、ほんとうに高山どのが復讐するとお考えになったとは思えません。それなのに、なぜ？」

そのとき、襖が乱暴に開き、抜き身を下げた柏木啓次郎が飛びこんできた。

「高山俊二郎。覚悟」

そう叫び、俊二郎に斬りつけた。

剣一郎は素早く脇差を抜き、啓次郎の剣を弾くと、

「柏木どの。やめられよ」

と、叫んだ。

「退け。その者は殿に害をなすもの。私が成敗する」

「そんなことをして、なにになると思うのか」

剣一郎は一喝する。

「邪魔だてするな」

啓次郎は剣一郎に向かって剣を振りかざしてきた。剣一郎は脇差で受け止め、素早く啓次郎の利《き》き腕を摑んだ。

啓次郎はその手を強引に払って逃れようとした。だが、剣一郎は足払いをかけた。啓次郎は尻餅をついた。

啓次郎はすぐに起き上がり、眦をつり上げ、顔を紅潮させて剣を構えた。

「啓次郎。やめるんだ」

波多野が叱りつけるように怒鳴った。

「殿。この者は……」

「もうよい」

波多野は穏やかに言う。

啓次郎はくずおれた。剣一郎は啓次郎から刀を取り上げた。

「青柳どの。この者はわしの指示に従って……」

「違います」

啓次郎が叫んだ。

「私が勝手にやったのです。牧友太郎と水沢辰之進は今度、殿が勘定奉行になられるかもしれないという噂を聞き付け、殿に会いにきた。そこで十年前のことを持ちだして栄進を迫ったのです」

啓次郎は続けた。

「勘定奉行勝手方の役人にきいたところ、ふたりは材木問屋から付け届けをもらっているなど、とかく黒い噂があった。このままでは殿に災いが降り掛かる。だから、私の判断でふたりを始末したのだ。殿から命じられたわけではない」

「いや、わしを思ってしたこと。わしが命じたも同じだ」

「違います。私が独断でやったこと」

「高山どのの仕業に見せかけようとしたのはなぜですか」

剣一郎はきいた。

「牧友太郎を殺ったあと、殿から問いつめられた。殿の疑いをかわすために、高山どのの話を持ちだしたんだ」

啓次郎は答えた。

「わしは高山が復讐などするとは思えなかったが、否定する証《あかし》もなくそのままにした。その後、水沢が殺されたとき、啓次郎を疑った。だが、啓次郎は否定した。わしはそれを信じるしかなかった」

波多野は苦しそうに言う。

「波多野さまから、高山どのを捜し出してもらいたいという依頼を受けたとき、私は正直釈然としませんでした。なぜ、私にだけ秘密裏《ひみつり》に探索をさせるのか。確かに、高山どのの復讐だとする証がないことも理由かもしれません。しかし、高山どのではなく、柏木どのの仕業ではないかと疑いはじめたとき、高山どのを下手人にするための布石《ふせき》に私を利用したのではないかと思ったのです」

剣一郎は言葉を切り、間を置いた。

「しかし、今、波多野さまの思いがわかりました」

「…………」

波多野の表情が微かに動いた。

「波多野さまの狙《ねら》いは高山どのを斃《たお》すことではなく、私に守らせようとしたのではありませんか。つまり」

剣一郎は続けた。

「柏木どのの暴走を私に止めさせようとしたのではありませんか」

うっと啓次郎が呻いて顔を伏せた。

「わしは」

波多野が口を開いた。

「啓次郎がわしのためを思い、わしに害をなす牧と水沢のふたりを始末し、高山をその下手人に仕立てようとしていることがわかった。だが、大事《おおごと》にしたくなかった。だから、青柳どのにお願いをした」

波多野は説明してから、

「啓次郎。なぜ、わしのためにそこまでしたのだ?」

と、啓次郎の前に腰を下ろしてきいた。

「部屋住みの私を殿は家来にして、ほんとうによくしてくださいました。何かことあれば、殿のために命を捧げる覚悟でお仕えしてきました。殿がいよいよ勘定奉行に躍進されようというとき、このままでは牧と水沢のふたりが弊害になると。まさか、殿がそのようなお気持ちにあられたとは……」

「そなたはわしのためにしたこと。すべてわしの責任だ」

「殿。申し訳ありません」

「いや。これもすべて十年前の報いだ」

波多野は剣一郎に向かい、

「啓次郎には自首させる。わしも責任をとり、お役を退くつもりだ」

「波多野さま」

俊二郎が口を出した。

「十年前の報いとはなんでしょうか。十年前に不正を働いたのは私です。今さら、当時のことを蒸し返しても何もなりません」

「いや。わしが名乗り出れば、そなたの十年前の汚名は濯《そそ》がれよう。わしが責任を持って、そなたを復帰出来るように尽力する」

「私は今さら、武士に戻るつもりはありません。今の気ままな暮らしが性《しょう》に合っていると思っています。ですから、どうか、波多野さまにはこのままで」

「そうはいかぬ」

波多野は静かに首を横に振った。

剣一郎は、ふたりのやりとりを黙って見守っていた。


十日経った。この間、剣一郎は波多野善行に呼ばれ、さらに『田所屋』の主人勘十郎の相談にも乗った。

この日、剣一郎は小石川富坂町にある下村鉄太郎の屋敷を訪れ、高山俊二郎の元妻女時江の父親、鉄太郎と客間で差し向かいになった。

「また何か」

「高山俊二郎どののことでご報告が」

剣一郎は十年前の不正事件の事実を話した。

「このことは当時勘定組頭だった波多野さまがお認めになり、高山どのに謝罪をしました」

「なに、俊二郎は無実だったと言うのか」

「さようです」

さらに剣一郎は牧友太郎と水沢辰之進の闇討ちについても話した。

鉄太郎は言葉を失っていた。

「それから、小普請組時代にいかがわしい女を屋敷に連れ込んでいたというのも濡れ衣でした。実際は隣屋敷の御家人が組頭や中間らに金を与えて、偽りを訴えさせていたのです」

「………」

「ただ、不思議なことに高山どのは無実だと訴えても、隣屋敷の御家人の仕業だとは訴えていないのです。いや、濡れ衣をそのまま受け入れてしまったようなのです。このことについて、高山どのはわけを話そうとしません」

剣一郎は息継ぎをし、

「そこで、思い出したことがあります。高山どのが小普請組に編入させられたあと、あなたは娘の時江どのを離縁させ、子どもと共に引き取ったのでしたね」

と、確かめた。

「うむ」

「その後、高山どのが士籍剝奪されたあと、時江どのは子どもの将来を考えて後添いの話を受諾したのですね」

「そうだ」

「子どもの将来を考えて、あなたはどうしても時江どのを小森さまの後添いにしたかった。だが、時江どのは後添いの話を断り続けた。高山どのの無実を信じていたからです」

「…………」

「これは私の想像ですが、あなたは高山どのに会いに行かれたのではありませんか。そして、小森さまの後添いの話を持ちだした。いかがですか」

「そうだ。俊二郎に相談に行った」

「それから不祥事の騒ぎが起こったのですね」

「俊二郎は無実だというのか。まさか、俊二郎は子のために……」

「おそらく、そうでしょう」

「…………」

啞然《あぜん》としている鉄太郎と別れ、剣一郎は小石川富坂町から奉行所に向かった。

途中、昌平橋に差しかかると、太助が橋の袂にいた。

「どうした？　わしを待っていたのか」

「はい。じつは本町三丁目の足袋《たび》問屋『川島屋』の旦那と町で出くわしたとき、青柳さまにご相談があると言われまして」

「なに川島屋が？」

主人の房太郎の温和な顔を思いだして、

「わかった。『川島屋』に寄ってみよう」

剣一郎は太助とともに本町三丁目に向かった。


その夜、剣一郎は富沢町の俊二郎の長屋を訪ねた。

剣一郎は上がり框に腰を下ろし、

「昼間、時江どのの父親と会ってきた」

「そうですか。お元気そうでしたか」

「元気だった。時江どのと子どもも元気なようだ」

「先日、小森さまのお屋敷まで行ってみました。陰ながら、時江と息子を見ました。ふたりとも仕合わせそうで安心しました」

「やはり、江戸に戻ってきたのは妻子の様子を見るためだったのだな」

「そうです」

「会わなかったのか」

「なまじ会わないほうが……」

「そうか。なぜ、そなたが濡れ衣を甘んじて受け入れたのかわかった」

「…………」

「時江どのと子どもを小森家に入れるためだな」

「はい。義父がやって来て、旗本の小森家に後添いで入れば、子どもの将来にとってもいいと。でも、時江は私との復縁の望みを捨てていない。だから、諦めさせてくれと」

「それで、あえて罪をかぶったのか」

「ええ、竜崎大三郎も必ず礼はすると泣いて頼んでいましたが、結局そのままに。でも、私の望みは時江と息子の仕合わせですから」

　俊二郎は言ってから、

「ただ、心配なのは実の父親が不正を働くような男だとしたら、子どもの心に悪い影響が及んでしまうかもしれない。時江と息子だけには私が無実であることを信じてもらいたいと。だから、私はどんなに貧しく、どんなに苦しいときでも心の気高さを保って生きようとしたのです。息子が大人になって父親のことを調べたとき、決して恥ずかしくない生き方をしようと。いや、それ以上に、不正など働くはずがないと思わせるように生きようと」

「それが山茶花のようにありたいという言葉になっていたのだな」

「苦しいときは、いつも山茶花の花を思い出していました」

「ところで、先日『田所屋』の主人から相談された。八十吉をぜひもう一度『田所屋』に迎えたいそうだ」

「私も八十吉を説得してくれないかと頼まれました。でも、八十吉は首を縦に振りません」

「なぜだと思うか」

「さあ」

「そなたは、八十吉が『田所屋』に戻ることをどう思うか」

「よいことだと思います。今から行商でどんなに頑張っても、将来小さな店を持てるかどうか。『田所屋』で頑張れば、いずれ番頭になり、暖簾分けで店を出させてもらえるかもしれません」

「それだけではない。主人は改めて八十吉を婿にしたいと思っているようだ。もっとも、このことは八十吉と娘のお節のふたりの問題だ。他人がどうこういうわけにはいかぬ。だが、わしも『田所屋』に戻ることは、八十吉にとってもよいことだと思っている」

「はい」

「だが、八十吉は拒んだ。あえて茨《いばら》の道を選ぼうとしている。なぜだと思うか」

「………」

「そなたも気づいていよう。そなたの生き方に影響されているのだ。厳冬の中でも、気高く咲く山茶花のような生き方に憧《あこが》れている。それが正しい考えだと思うか」

「いえ」

俊二郎は苦しそうに顔を歪めた。

「そなたは我が子に対して恥ずかしくない父親であることを証明するために、今のような生き方を選んだのだ。しかし、八十吉はそんな事情も知らず、そなたを真似《まね》て」

「青柳さま」

俊二郎はあわてたように、

「私もそのことに不安を感じていました。やはり、そうなのでしょうか」

「そうだ。間違いない。だが、このままでは、八十吉は後悔することになる」

「私が勧《すす》めたら承知をするでしょうか」

「いや」

剣一郎は首を横に振る。

「では、どうしたら？」

剣一郎はそれには答えず、別のことを口にした。

「波多野さまからお聞きした。竜崎大三郎を問いつめたところ、七年前の件について白状した。そなたの汚名は濯がれるだろうということであった。だが、十年前の勘定奉行勝手方の件については秘密裏に始末して事件にはなっておらず、今になって蒸し返すことが難しいという。ことに、牧友太郎と水沢辰之進のふたりがいないので……」

「青柳さま。たとえ名誉が回復されて復帰が可能になろうが、私は武士に戻るつもりはありません。波多野さまには今までどおりにお役目を続けていって欲しいと思います」

「それでよいのだな」

「はい。私に代わり、小森家に入った息子が直参《じきさん》として立派にご奉公してくれるはずです」

俊二郎は毅然《きぜん》として言った。

「ところで、本町三丁目にある足袋問屋『川島屋』を知っているな」

「はい」

俊二郎は訝《いぶか》しげな顔をした。

「『川島屋』の主人の娘の嫁ぎ先である『宝樹屋《ほうじゅや》』という口入れ屋で番頭を探している。人足の派遣もしており、かなり大きな店だそうだ。商売柄、荒くれ男をたくさん抱えている。その者らを統率出来る番頭が欲しい。そこで、そなたを番頭として招きたいという話だった。そなたはもともと勘定奉行勝手方の役人であり、算盤《そろばん》も出来るだろうし、いいのではないかと答えておいた」

「私が番頭ですか。用心棒ならともかく」

「いや、『川島屋』の主人はそなたを買っている。わしがとやかく言うことではないが、いい話だと思う」

「………」

「それに、そなたが『川島屋』の主人の誘いに乗れば、八十吉もきっと『田所屋』に戻るはずだ。ほんとうは八十吉も『田所屋』に帰りたいのではないか。そなたの決断は自身のためでもあり、八十吉のためでもあると思うが」

「青柳さま」

俊二郎は深々と頭を下げた。

冬の朝は夜の厳しい寒さがまだ残り、長屋の路地や屋根は霜で白くなっていた。冬が深まってきた。

八十吉が厠《かわや》から部屋に戻ろうとしたとき、高野俊太郎が戸を開けて顔を出した。

「八十吉、話がある。入らないか」

「へえ」

八十吉は俊太郎のあとに続いた。

上がり框に腰を下ろすと、俊太郎がいきなり口にした。

「俺は今度、『宝樹屋』という口入れ屋で番頭として働くことになった」

「えっ?」

八十吉は耳を疑った。

俊太郎は事情を話した。

「足袋問屋の『川島屋』の主人の紹介だ。『川島屋』の主人は俺の生きざまを見て、信用してくれたのだ。信頼に応えることこそ、気高い決断だと思わないか」

「へえ、そうですね。でも、結構なことじゃありませんか。ちょっと驚きましたけど」

「そこで、そなただ。どうだ、『田所屋』に戻っては?」

「でも」

「『田所屋』の主人は自分の非を悔い、改めてそなたを招こうとしているのだ。それを断るなんて、山茶花の花に申し訳ないと思わぬか」

「へえ」

「これは青柳さまから言われたことだが、山茶花の花に気品があるのは偽りがないからだ。自分を偽って生きていては気高くない。八十吉、そなたもほんとうは『田所屋』に戻りたいのではないか。自分の心に素直になれ」

「はい」

「俺はあと数日したらこの長屋を出る。そなたも『田所屋』に帰るんだ」

「わかりました」

「なら、早くこの気持ちを『田所屋』に伝えるんだ」

「はい」

八十吉は長屋を飛び出し、木挽町の『田所屋』に向かってひた走った。お節の顔が何度も脳裏に過《よぎ》っていた。


その夜、剣一郎は庭の山茶花の前に立っていた。月影が射し、高雅な姿を浮かび上がらせていた。

「花にこれほどの力があるとはな。ふたりの人生を変えたのだ」

剣一郎は感に堪《た》えないように言った。

「八十吉が『田所屋』に戻ることになったそうですね」

太助も花を見つめながら言う。

「うむ。高山どのも新しい人生を踏み出すことになった」

牧友太郎と水沢辰之進を闇討ちにした柏木啓次郎は己のためではなく、波多野善行に忠義を尽くしたのだ。裁きの日を待つ啓次郎は、波多野に傷がつかなかったことにほっとしているようだという。

「ほんとうにこうして見ていると、勇気がもらえそうな気がしてきました」

太助は花に心を奪われたように言う。

しんしんと寒さが身に沁《し》みてきた。

「部屋に入ろう」

剣一郎は太助に声をかけて濡縁《ぬれえん》に向かった。

部屋で、多恵が温かい甘酒を用意して待っていた。

一〇〇字書評

ひたむきに

切り取り線

購買動機（新聞、雑誌名を記入するか、あるいは○をつけてください）	
□（　　　　　　　）の広告を見て	
□（　　　　　　　）の書評を見て	
□ 知人のすすめで	□ タイトルに惹かれて
□ カバーが良かったから	□ 内容が面白そうだから
□ 好きな作家だから	□ 好きな分野の本だから

・最近、最も感銘を受けた作品名をお書き下さい

・あなたのお好きな作家名をお書き下さい

・その他、ご要望がありましたらお書き下さい

住所	〒				
氏名		職業		年齢	
Eメール	※携帯には配信できません	新刊情報等のメール配信を 希望する・しない			

この本の感想を、編集部までお寄せいただけたらありがたく存じます。今後の企画の参考にさせていただきます。Eメールでも結構です。

いただいた「一〇〇字書評」は、新聞・雑誌等に紹介させていただくことがあります。その場合はお礼として特製図書カードを差し上げます。

前ページの原稿用紙に書評をお書きの上、切り取り、左記までお送り下さい。宛先の住所は不要です。

なお、ご記入いただいたお名前、ご住所等は、書評紹介の事前了解、謝礼のお届けのためだけに利用し、そのほかの目的のために利用することはありません。

〒一〇一‐八七〇一
祥伝社文庫編集長　清水寿明
電話　〇三（三二六五）二〇八〇

祥伝社ホームページの「ブックレビュー」からも、書き込めます。

www.shodensha.co.jp/bookreview

祥伝社文庫

ひたむきに　風烈廻《ふうれつまわ》り与力《よりき》・青柳剣一郎《あおやぎけんいちろう》

令和 4 年10月20日　初版第 1 刷発行

著　者　小杉健治《こすぎけんじ》
発行者　辻　浩明
発行所　祥伝社《しょうでんしゃ》
東京都千代田区神田神保町 3-3
〒101-8701
電話　03（3265）2081（販売部）
電話　03（3265）2080（編集部）
電話　03（3265）3622（業務部）
www.shodensha.co.jp
印刷所　堀内印刷
製本所　積信堂
カバーフォーマットデザイン　中原達治

Printed in Japan ©2022, Kenji Kosugi　ISBN978-4-396-34850-2 C0193

祥伝社文庫の好評既刊

小杉健治
灰の男〈上〉
B29を誘導するかのような放火、空襲警報の遅れ——昭和二十年三月十日の東京大空襲は仕組まれたのか⁉

小杉健治
灰の男〈下〉
愛する者を喪いながら、歩みを続けた昭和の人々への敬意。衝撃の結末が胸を打つ、戦争ミステリーの傑作長編。

小杉健治
偽《ぎ》証《しょう》
誰かを想うとき、人は嘘をつくのかもしれない。下町を舞台に静かな筆致で人の情を描く、傑作ミステリー集。

小杉健治
容疑者圏外
夫が運転する現金輸送車が襲われた。共犯を疑われた夫は姿を消し……。一・五億円の行方は？

小杉健治
死者の威《い》嚇《かく》
身元不明の白骨死体は、関東大震災で起きた惨劇の爪痕なのか？　それとも——歴史ミステリーの傑作！

小杉健治
寝ず身の子 風烈廻り与力・青柳剣一郎(53)
十年前に盗品を扱った罪で潰され、離散した反物問屋の一家に再び災難が……。復讐劇の裏にある真相を暴く！

祥伝社文庫の好評既刊

小杉健治
鼠子待《ねこま》の恋
風烈廻り与力・青柳剣一郎㊿④

迷宮入り事件の再探索をまかされた剣一郎。調べを進めると、意外な男女のもつれが明らかに。

小杉健治
恩がえし
風烈廻り与力・青柳剣一郎㊿⑤

一家心中を止めてくれた恩人捜しを請け負った剣一郎。男の落ちぶれた姿に一体何が？

小杉健治
隠し絵
風烈廻り与力・青柳剣一郎㊿⑥

宝の在り処《ありか》か、殺人予告か、それとも——？　見知らぬ男から託された錦絵の謎。そこに描かれた十二支の正体とは？

小杉健治
一目惚《ひとめぼ》れ
風烈廻り与力・青柳剣一郎㊿⑦

忍び込んだ勘定奉行の屋敷で女に惚れた亀二は盗人から足を洗うが、剣一郎に怪しまれ……。

小杉健治
約束の月㊤
風烈廻り与力・青柳剣一郎㊿⑧

将軍家が絡むお家騒動に翻弄される若い男女と、彼らを見守る剣一郎。しかし、刺客の手が……。

小杉健治
約束の月㊦
風烈廻り与力・青柳剣一郎㊿⑨

女との仕合わせをとれば父を裏切ることに。運命に悩む若者を救うため、剣一郎が立ち上がる！

〈祥伝社文庫　今月の新刊〉

坂井希久子
妻の終活
余命一年。四十二年連れ添った妻が末期がんを宣告された。不安に襲われた老夫は……。

桜井美奈
相続人はいっしょに暮らしてください
高三の夏、突然ふってわいた祖母の遺産相続。受け取るための〝ささいな〟条件とは？

鷹樹烏介
武装警察 第103分署
麻薬、銃、機関砲……無法地帯に跋扈する悪。魔窟を一掃すべく一匹狼の刑事が降り立つ！

睦月影郎
青頭巾ちゃん
殺人遺体が続出するペンション。青いコートの人喰い女は何者か。新感覚ホラー×官能！

法月綸太郎
二の悲劇 新装版
二人称で描かれる失楽園の秘密とは！　探偵法月を最も翻弄した幻惑と苦悩の連続殺人！

南　英男
罠地獄《わなじごく》 制裁請負人
狙われた女社長、逆援助交際クラブ、横領三億円の行方……奈落で笑う本物の悪党は誰だ？

小杉健治
ひたむきに 風烈廻り与力・青柳剣一郎
浪人に殺しの疑いが。逆境の中、己を律して生きるその姿が周りの心を動かす！

門田泰明
天華《てんげ》の剣《けん》（上）
新刻改訂版　浮世絵宗次日月抄
幕府最強の隠密機関「白夜」に宗次暗殺の厳命、下る——。娯楽文学史に燦然と輝く傑作！

門田泰明
天華《てんげ》の剣《けん》（下）
新刻改訂版　浮世絵宗次日月抄
次期将軍をめぐる大老派と老中派の対立。強大な権力と陰謀。宗次、将軍家の闇を斬る！